傲慢社長のかわいいペット♡

Aki Morimoto
森本あき

CHARADE BUNKO

Illustration

鈴倉温

CONTENTS

本作品の内容はすべてフィクションです。
実在の人物、団体、事件などにはいっさい関係ありません。

傲慢社長のかわいいペット♡

本当に本当に本当に腹が立つ。
横暴で自己中心的なあのバカにも。
逆らえない自分にも。
まったくもって、本当に。
心底むかつく！

1

「へ？」

戸口風奈《とぐちふうな》は、ぽかん、と口を開けた。目の前では社長が申し訳なさそうにうなだれている。

「私もこんなことは頼みたくないんだ、本当に」

最近、急に白髪《しらが》が増えた。いつも、悩んでるような表情だった。

だから、わかっていたのだ。業績が芳しくないことぐらい。

でも、でも、でも！

それとこれとは話が別だ。

「自分の責任で始めた会社だ。私に関していえば、つぶれたとしても、自業自得だとわかっている。だけど、社員がいるんだ」

風奈が勤めている井上《いのうえ》工業は、本当に小さな製造会社。いろんなところの下請けをやって、それでどうにか経営できている。

不況のせいで減っていた仕事も、徐々に戻りつつあった。

だから、いまは苦しくても、ここを乗り切ればなんとかなるはずだ、と希望的観測も含めて、社員全員で願っている。

なのに、まさか。

「白柳《しろやなぎ》が、手を引く、って脅してきたんですか？」

「脅しじゃない」

社長は苦渋の表情を浮かべている。風奈だって、おなじように顔をしかめたい。

まったくもう、困ったものですね。

そうやって、社長と怒りを分かち合いたい。

だけど、それができない。

だって…。

「取引だ」

「えーっと、ですね」

風奈は自分の頭を整理するために、声に出して確認することにした。それが一番、てっとり早い。

「取引先として最大手である白柳産業が、通告してきたんですね」

「いや」

社長は首を横に振った。

「向こうの社長みずから、足を運んだんだ」

「へ？」

それは、また新事実。てっきり、電話か何かですませたのかと思っていた。白柳産業といえば、業界でも五本指に入る大手。そこの孫請けでも、孫々請けでもなく、下請けをやらせてもらっているのは、とてもありがたいことなのだ、と社長はよく言っていた。働き始めたばかりのころは、それがどういうことなのか、風奈にはよくわからなかったけれど。三年も勤めれば、理解できる。

下請けと孫請け、そして、それ以下では、入ってくる金額が全然ちがうのだ。

白柳産業の仕事がなくなれば、収入の半分以上が消えてしまう。それはつまり、いつ倒産してもおかしくないということ。

どうして白柳産業が下請け仕事をくれているのか、それは先代までさかのぼる何かがあるらしいが、社長も詳しくは知らないようだ。

とにかく、白柳の仕事だけはしくじらないように。

それを、社員全員が頭にたたき込んでいる。

そんな雲の上の存在みたいな人が、わざわざ、ここに？

「なんで、また…」

「それは、私にもわからない」

社長は、うーん、と首をかしげた。風奈が最初の驚きからさめて、普通に話すようになったので、少しは気持ちが楽になったのかもしれない。眉間《みけん》の皺《しわ》は、いまは消えている。

「とにかく、白柳社長がいらして、こう言ったんだ」

「戸口風奈をうちによこせ。さもなくば、取引は中止する、ですか」

最初聞いたときは耳を疑った。いまでも、社長の聞きまちがいなんじゃないかと半分以上は思っている。だけど、社長は大真面目《おおまじめ》な顔でうなずいた。

「そうだ」

どうやら、何度聞いても答えはおなじらしい。風奈は眉《まゆ》をひそめる。

「でも、俺、白柳社長に会ったことはもちろんないし、顔すら知らないんですけど」

なのに、なんで、そんなわけのわからない条件を出されるのか理解できない。

「だから、私も聞いてみたんだよ。どうして戸口くんが御社に必要なんですか、と。そうしたら…」

社長はそこで言いよどんだ。けっして、いい答えじゃなかったのだろう。

「もしかして、俺、自分でも気づかないうちに白柳社長に失礼なことをして、その復讐《ふくしゅう》のために引き抜かれるんですかね」

顔を知らないのだから、そういうこともありうる。

「いや、おまえとは面識がないそうだ」

「だったら…」

社長と話せば話すほど、疑問が増えていく。面識がないのに、なんで、取引を条件にしてまで、風奈を欲しがるのだろう。

「あーっ！」

風奈は、そこですごいことに気づいた。

「もしかして、俺、出世ですか⁉」

こんな小さな製造会社…と言ったら、いままでお世話になった社長に失礼だけれど。そして、風奈はここの仕事をとても気に入ってはいるけれど。

単純に考えたら、白柳産業に入社したほうが、いろんな点ですごいんじゃないだろうか。

「おまえは…」

社長が絶句する。

「あ、入りたい、という意味じゃないですよ！」

風奈は、ぶんぶん、と両手を大きく振って否定した。自分の手で細々としたものを作りたいから、工業部品を作っているこの会社を選んだのだ。就職難で大変なときに、工業高校卒の風奈を雇ってくれたことも心から感謝している。大卒ですら就職できない人たちがたくさんいるのに、風奈はラッキーだ。

だから、社長にはきちんと報いたい。

風奈が技術者として一人前になるのが、一番の恩返しだとわかっている。

風奈の手は、いくつか火傷《やけど》の痕《あと》があって、ごつごつしていて、けっしてきれいとは言えないけれど。それでも、この手を見るたびに嬉《うれ》しくなるのだ。

これだけ、仕事をしてきた。

その証《あかし》だと思うから。

「俺は、この会社がつぶれるまで、働く覚悟です！」

「戸口はなあ…」

社長が、はあ、とため息をつく。

「ひとことよけいというか、全部よけいというか。つぶれる前提で話すな」

「ちがいます、ちがいます！」

風奈は慌てて否定した。

「経営不振で、って意味じゃなくて。たとえば、社長が死んで…」

口にしたあとで、はっと気づく。これもまた、よけいだ。

「まあ、いい」

社長は苦笑した。

「おまえはそういう性格なんだから、しょうがない。あと、ずっとここで働こうと思ってくれているのは嬉しい」

「そうです！」

風奈が言いたいのは、それだ！

「俺は、ずっとここで働きつづけます！」

「いや、だから、それじゃあ困るんだ」

「…へ？」

風奈は首をかしげる。だって、いま、嬉しいって言ってくれたのに。

「おまえは、最初の話を覚えてないだろう」

「最初の話？」

なんだっけ？　そういえば、仕事が終わったあと社長室に呼ばれたのだ。その用件を聞いている最中だったはずで…。

「ああ！」

風奈は、ぽん、と手をたたいた。

「白柳社長が、俺を欲しがってる、とかいう話でしたね」

「そうだ」

社長が真面目な表情に戻る。

「それも、打診じゃない。決定事項として伝えられた。戸口風奈をよこさなければ、取引を停止する、と」

「けど、俺、白柳産業でやることなんかないですよ」

だいたい、ああいう大企業って高卒で入れるもの？　パソコンは使えるけど、それは趣味の範囲だし、勉強は、自慢じゃないが、不得意だ。スポーツなどの体を動かすものや、手先が器用なので作業実習が得意。

うん、まったくもって、普通の会社に向いてない。

「私もそう思う。戸口は真面目だし、たまにとんでもない失敗をするが、まあ、それは許容範囲内。前途有望な若手として、うちでもきちんとめんどうを見るつもりだった」

「え、俺、すっげー期待されてるじゃないですか！」

風奈は嬉しくなって、にこっと笑う。社長がため息をついた。

「おまえは、ちゃんと人の言葉を聞け。だった、と言った。つまりは、過去形だ」

「…え？」

風奈は顔をしかめる。

「話が全然みえないんですけど」

「だから、さっきから説明してるだろう。おまえが白柳産業に行かなければ、うちは倒産する。それだけだ」

「えええええええ！」

風奈は大声を上げた。

「なんで、そんな理不尽なことをされるんですか！」

「それを白柳社長に聞いてみたが…いや、いい」

社長はあきらめたように、首を小さく振る。

「おまえと話してても、堂々巡りになるだけだ。とにかく、うちとしては、おまえに頼むしかない。この会社を救うために白柳産業に行ってくれ」

「でも…」

そうしたら、いままでがんばってきたことがムダになる。

「わかってる」

社長は重々しくうなずいた。

「これは、私の勝手な要望だ。戸口には、うちを辞めてまた別のところで働く、という選択肢だって残っている」

「俺は、ここがいいんです」

高卒の若造を、最初から温かく迎えてくれた。親切にいろいろ教えてくれた。上は五十歳過ぎから、一番年が近い二十代半ばの社員まで、風奈も含めて社員が十人未満という、白柳産業からしてみれば小さすぎて目に入らないような会社だろうけど。

風奈にとっては、大切な居場所だ。

「だったら、頼むしかない。このとおりだ」

社長は深々と頭を下げる。あまりの驚きに、風奈が動けない。

なんで？　なんで、そこまでしなきゃならないんだろう。

白柳社長の理不尽な要求をはねのけて、風奈がここに残る方法が…。

「ないんだ」

風奈のつぶやきは、小さかった。だけど、社長の耳には届いたらしい。

「そうだ。ないんだ」

白柳産業が仕事をくれなければ、会社は終わりだ。会社を救いたければ、風奈が白柳産業に行くしかない。

どっちにしろ、ここにはいられなくなる。

「俺、ここを去らなきゃならないんですね」

白柳産業に入社するかどうか。残された選択肢は、それだけだ。

「ふがいない社長で申し訳ない。私が、白柳産業以外に太いパイプを持っていれば、戸口をこんなふうに悩ませることもなかった。おまえは、この仕事に向いている。だから、つづけさせてやりたい、とずっと考えてたが、解決策が見つからなかった。返事は、明日までなんだ」

「その話は、いつ来たんですか」

「一週間前だ」

じゃあ、いい。もう、それでいい。

一週間、悩んでくれた。

それだけで、風奈にとっては十分。

「戸口が私に愛想をつかして、みずから辞める、と言うのなら、反対はしない。そうされて当然だと、きちんと理解している。だが、ほんのちょっとでも、この会社を思ってくれるなら、どうか考えてくれ。私だって、これが恥ずかしいことだという自覚はある。だけど、私だけじゃない。ほかの社員のことを…」

「俺、行きます」

風奈が白柳産業に行けば、すべてが丸く収まるというのなら。それで、会社が救えるのなら。

喜んでではないけれど。仕事に未練はたっぷりあるけれど。

恩返しはできる。

「白柳産業に行けばいいんですよね？　そしたら、この会社、つぶれないんですよね？」

「ありがとう！」

社長はいったん顔を上げて、さっきよりも深く頭を下げた。

「社長、やめてください」

風奈は慌てて、社長に駆け寄る。

「いや、私はおまえが出ていくまで、頭を下げつづける。それが、私にできるせめてものことだからだ。戸口、本当にありがとう」

一週間、ずっと悩んでいたのだろう。声が涙混じりだった。

もっと早く言ってくれればよかったのに。

そうしたら、こんなに苦しめずにすんだ。

「で、俺は白柳産業で、いったい何をすればいいんですか？」

「それは、白柳社長本人が教えてくれるらしい」

「へ？」

風奈は目をぱちぱちとまたたかせる。

「もしかして、知らないんですか？」

「悪いようにはしないから、と。それだけだ、聞いたのは」

下請けですら、こんなにも力関係がはっきりしている。孫請けや孫々請けなんか、仕事がなくなっても直接文句すら言えない。

白柳産業は大事な取引先だ。なのに、一週間、悩みに悩んでくれた。

その社長の温情に応《こた》えたい。

「わかりました」

白柳社長に聞けばいい、というのなら、そうしよう。これ以上、社長を苦しめたくない。

「今日が俺の最後の日なんですね」

よく考えたら、ちょうど月末だ。

「ああ」

「ほかの社員さんたちには、俺が辞めた、って伝えてください」

社長が風奈を取引として使ったのじゃなくて、風奈の意思でいなくなったのだ、と。

「俺みたいにちゃらんぽらんだと、きっと、みんな信じれくれます」

「そんなことはない」

社長はきっぱりと否定する。

「全員、おまえのことを真面目でちゃんとしたやつだと思っている。冗談でも、そんなことを言うな」

その言葉を聞けただけでいい。風奈がやってきたことを認めてくれているのなら、それで満足だ。

「じゃあ、それは社長に任せます」

お別れが言えないのは残念だけど。いざ、みんなを前にしたら、泣いてしまうかもしれない。それは避けたい。

「俺は、明日からどうすればいいんですか?」

「明日、朝九時までに白柳産業本社に来てくれ、とのことだ」

そうか。大きな会社だから、本社とかあるんだ。

「俺、住所知らないんですけど」

「頭を上げてもいいか？」

「早く上げてください！」

風奈は慌てて言った。社長は、ようやく体を起こす。

「白柳社長が、地図とか社員証とか定期とか、一式が入った袋を置いていった」

社長は言うと、自分のデスクに向かった。引き出しから、A5大の封筒を取り出す。

「中は見ていないから、本当にそれで大丈夫なのかわからない。すまない。最後まで、私は役に立たないな」

「そんなことないです！」

風奈は、ぶんぶん、と首を左右に大きく振った。

「社長にはお世話になりました。一緒に働けないのは残念ですけど…」

そこで、急に何かが込み上げてくる。それをぐっとこらえて、風奈は笑顔をつくった。

「俺は、ずっと社長を尊敬します」

「すまない」

社長はまた頭を下げる。

「本当にありがとう」

「社長！　もういいですから！」

社長のせいじゃない。風奈を取引材料に使った白柳社長が悪いのだ。

「もし、そのうち、私が許せなくなったら、白柳産業を辞めればいい」

「どうしてですか?」

そうしたら、社長は困るんじゃないだろうか。

「おまえが辞めたら、うちには仕事を回さない、と言われた。戸口がいる間は、仕事を増やす、とも。こんな勝手な頼みをしたんだ。いつ、戸口がいやになって辞めてもしょうがない。恨みなんかしない。それどころか、会社を生き延びさせてくれてありがとう、と感謝する。だから、戸口、この会社に縛られるな」

「…はい」

うなずいたものの、正直、聞きたくなかった。知りたくなかった。

これで、完全に逃げ道をふさがれた形になる。

白柳産業に行かなければ会社がつぶれるだけでも、結構なプレッシャーなのに。

白柳産業を辞めた瞬間、会社がつぶれる、となったら、もっと責任が重くなる。

たとえば、まったく向いてない仕事を任されて、毎日、怒られてばかりで、どうしても仕事に行きたくない、と思っても、この会社のことを考えたら、無理にでも出社しなければならない。

まあ、もともと、そんなに悩む性格じゃないので、よっぽどのことがないかぎり大丈夫だろうけど。

それでも、辞める権利ぐらい持っていたかった。

社長は好意で言ったんだろうが、まったく逆効果だ。

「それと、来月の給料には色をつけさせてもらう。退職金という制度はうちにはないが、それに似たようなものだ」

いいです、と断ろうかと思ってやめた。社長だって、心苦しいのだ。ここは素直に受け取っておいたほうが、社長もほっとするだろう。

それに、正直、お金はあって困るものじゃないし。

「わかりました。ありがとうございます」

「以上だ」

話はすべて終わり。なのに、社長は頭を上げない。

「あの、俺、じゃあ、帰りますけど…」

「わかった。長い間、ご苦労だったな。本当は、おまえを一人前にしたかった」

最後は声がかすれた。

ああ、そうか、わかった。社長は泣き顔を見せたくないのだ。風奈だって、いまは平気だけど。社長につられて泣いてしまうかもしれない。

「お世話になりました」

風奈は、一度だけ、深くおじぎをした。

「とても楽しい職場でした」

「それを聞けて、私は満足だ」

三年間育てた風奈がいなくなって、また新しい人手が必要となる。自分が三年前そうだったからわかるけれど、新人は使えない。しばらくは慌ただしい日々がつづくだろう。

それでいい。

その忙しさにまぎれて、風奈の存在も忘れられていく。

「お先に失礼します」

最後だというのに、いつものあいさつをした。それが、この場にはふさわしい気がして。

社長は最後まで、頭を上げなかった。

風奈が出ていく直前に振り向いたときも、深々とおじぎをしていた。


「こちらでお待ちください」

案内されたのは、豪華な調度品が並んでいる応接間のような部屋。会社というのは無機質な空間だと思っていたのに。まるで、金持ちの家に遊びに来たかのような錯覚を抱く。

「なんなんだろ、いったい」

風奈はつぶやいた。

「俺、客でもなんでもないのに」

わざわざ本社に呼ばれたのは、ここに入る心構えとか、どんな仕事をするのか、とか、そういう説明をされるからだと思っていたのに。受付で名前を名乗ると、すぐに案内役らしき、頭のよさそうな美人が現れた。いままでいた会社には女子社員がいなかったので、なんとなくどぎまぎしてしまう。

「失礼します」

いったん、部屋を出たその彼女がお盆にお茶を持ってきた。風奈は、ますます混乱する。

…あれ？　もしかして、俺、だれかとまちがえられてない？　もう一人、戸口という名前の人がいて、その彼はこの会社にとって重要な取引先で、だから、こんなふうに丁重に迎えられているけれど、本当は人違いで。風奈じゃないほうの戸口さんは、いまごろ、ひどい目にあっているのかもしれない。

だったら、やばくない？　さっさと誤解をといておいたほうがいいんじゃあ…。

「社長は一時間後に出社しますので、それまではわたくしがお相手させていただきます」

ほら！　絶対にだれかとまちがえられてる！

「あの、俺…」

「粗茶でございますが」

風奈が言葉を発する前に、すっとお茶を出された。そのしぐさが、とてもうつくしい。こういう大会社には、お茶を出す専門の人がいるんだろうか、とバカなことを考えてしまうほどだ。

「あ…りがとうございます」

緊張しているのか、喉《のど》が渇いているので、お茶はありがたかった。まちがいだったから返せ、と言われる前に、飲んでしまおう。

熱すぎず、ぬるすぎず、ちょうどいい温度になっているお茶を、風奈は一口すすった。お茶の風味が、ほわっ、と口中に広がる。

「おいしい！」

風奈は、思わず、声を上げた。

「このお茶、すごくおいしいですね！」

「ありがとうございます」

まったく表情を変えないまま、案内役だか接待役だか知らない女性はそう答える。もっとやわらかい雰囲気のほうが客も話しかけやすいだろうに、とは思うけど、わざわざそんな角の立つようなことを言ってもしょうがない。

お茶を半分ほど飲んだところで、思い出した。

そうだ、のんびりしてる場合じゃない！

まったくどうしてこう、ひとつのことにしか集中できないんだろう。

「あの、ですね」

「はい」

お盆を持って立ったままでいた女性は、丁寧だけれども温かみのない口調で返事をする。

…なんか、やだな。

風奈は思った。

口は悪いけれど感情のこもっているもと同僚たちがなつかしくなる。

それでも、このままにしておいたら、もう一人の戸口さんが困るだろうから、風奈はどうにかつづけた。

「俺、戸口風奈っていいます」

「存じております」

とりつくしまもない、とはこのことか。そりゃあ、毎日毎日、客相手にお茶を出すだけの仕事がつまらないのは理解できるけど。来る客はその一回だけだったりするのだ。その相手を不機嫌にさせるのが得策だとは思えない。

…ん、ちょっと待った。いま、何か重要なことを言われなかった?

「え!　俺が戸口風奈だって知ってるんですか!?」

「何を言ってるんですか?」

いま、絶対、この人、鼻から、ふん、って息を吐いたーっ!　それ、客に対する態度か!?

いや、客じゃないけど。今日から、ここの従業員になるけど。

だとしても、いまのはむかつくぞ！

「社長直々に引き抜かれた、戸口風奈さまですよね」

だから、なんで、そんないやみな口調なわけ⁉　いったい、俺が何をしたんだーっ！

「お茶を飲んで、落ち着かれたら、わたくしから必要最小限の説明をさせていただきます。社長がいらしたら、すぐに仕事に入ってもらいますので」

「あの、ちょっと聞いていいですか？」

つまり、この人は俺の教育係ってこと？　もしかして、俺の仕事はお茶くみなんだろうか？　いや、でも、わざわざそのために俺を引き抜いたりはしないだろうしなあ。

疑問は募るばかりだ。

「なんでしょう」

「俺、なんの仕事をやればいいんですかね」

彼女は、ぽかん、と口を開けた。ああ、なんだ、表情があるのか。そのことに、風奈はほっとする。

「知らないんですか？」

「まったく」

だって、教えられてないし。

「俺、部品作ることしかできないですけど。そんな俺にでも、できる仕事ですか？」

「どうでしょう」

彼女は、またもや能面みたいな無表情に戻った。

「簡単とも言えますし、簡単じゃないとも言えます。それは、あなたの仕事ぶりしだいです」

これ、禅問答か何か？

「えっとですね、俺、頭があんまりよくないんで、はっきり言ってもらわないとわからないんですよ。だから、教えてください。俺は、いったい、何をさせられるんですか？」

「秘書です」

ヒショ？　なんだ、それ。夏に暑さを避けるために、どっか行くやつか？　それを一年中やるわけ？

「白柳社長直属の秘書をやっていただきます」

ヒショ、ヒショ…秘書！

「はーっ⁉」

風奈は驚きのあまり、ソファから立ち上がった。

「ななな…」

「なんでかは、わたくしが知りたいです」

彼女は肩をすくめる。

「これまでずっと、秘書の心得を教えてきましたが、男性はめったにいませんので」

「そそそ、そうですよね！」

秘書といえば、女の人に決まっている。いや、議員秘書とかもいるから、一概には言い切れないか。

とにかく！　俺以外だったら、だれでもいい！

なんで、俺が秘書なんてやらなきゃなんないんだーっ！

畑ちがいにも、ほどがある。昨日までは機械部品を作っていて、今日から秘書？　客が来たら、この人みたいに能面のような表情で迎えるわけ？

無理、無理、無理！　ぜーったいに無理！

「俺なんて、秘書にふさわしくないじゃないですか！」

「率直に答えさせていただけるなら、イエスです」

彼女は、淡々と答えた。

「ですが、白柳社長が決めたことですから、その件に関しましては、わたくしは口出しできません。わたくしがしなければならないのは、あなたに秘書の役割を教えることです」

「でもですね！」

「文句があるなら」

彼女は、じろり、と風奈をにらむ。あまりの眼光の鋭さに、風奈は、うっ、とつまった。

この人が秘書をやればいいのに。そうしたら、全部、解決しそうなのに。

だってさ、美人だし、仕事はできそうだし、秘書が何をしなきゃいけないのか知ってるし。

風奈の何百倍も秘書にふさわしい。

「白柳社長に直接おっしゃってください。わたくしは、社長が出社されるまでに、あなたに秘書について理解してもらわなければならないのですから」

反論なんか許さない、という雰囲気に、風奈は口をつぐんだ。よく考えたら、この人に文句を言ってもしょうがない。あと三十分もすれば、白柳社長がやってくる。言いたいことは、本人にぶつければいい。

「わかりました」

風奈はうなずいた。

「秘書の仕事を教えてください」

できるわけがないけど。スケジュール管理とか、電話の応対とか、まったくもって苦手だから、風奈には無理だけど。適当に聞き流しておけばいい。

「白柳社長づきの秘書がやることは、ただふたつです。ひとつ、社長に逆らわない。ふたつ、社長が逃げないように見張る。これだけです」

「…へ？」

あまりの驚きに、変な声が出た。

なんだ、それ。だいたい、仕事じゃないだろ、そんなこと。逆らわない、って、理不尽なことを言われても、はい、と返事をしておけばいいってことか？　それに、逃げないように、って、いったい、どういうことなんだろう。

「それさえ守っていれば、仕事は安泰です。まあ、白柳社長が飽きるまで、という条件つきではありますが」

「飽きる？」

飽きる、とか、飽きない、とかで、仕事を辞めてもいいもの？

…説明されたほうがわからなくなるのは、どうしてだ？

「白柳社長の秘書は、だいたい、三か月サイクルで替わります。なので、あなたも三か月の辛抱だと思っていればいいんです」

「三か月!?」

白柳社長が飽きるまで、って、そういう意味だったのか！　つまり、三か月たてば、白柳社長のほうから、きみはもういいよ、と言われて、お役御免になるのだろう。

…いや、待って、待って、待って。それは困る。だって、三か月たったら、仕事をくれなくなる、ということじゃないか。

クビになるのは大歓迎だけど、向こうが勝手に引き抜いて、勝手に辞めさせるのだから、仕事を回しつづける、という約束だけは守ってもらわないと。

そうしたら、そのあとは自由だ！　社長のもとに帰れる！　また部品が作れる！　今度こそ、一人前になるようにがんばろう！

希望が湧《わ》いてきた。三か月だけなら、なんでも我慢できそうだ。

「言いたいことはわかります」

彼女が、ほんのちょっとだけ、同情の色を顔に浮かべる。

「たった三か月しか保証がないのなら、前に勤めていたところを辞めて、ここに来るんじゃなかった、と、そういうことでしょう」

全然ちがうけど、説明するのはめんどくさいので、曖昧《あいまい》にうなずいておこう。

「ですから、社長がクビにしたあと、新しい職場を探すお手伝いはさせていただきます。秘書としては、かなり高いお給料も払わせていただきます。わたくしからアドバイスするとしたら、休日はお仕事を探されたほうがいいですよ、ということですね」

「わかりました」

探すまでもない。風奈が戻ると言えば、社長はすぐに雇ってくれるだろう。

…あ、でも、新人が入ってたら厳しいかも。三か月で辞めさせられるんで、と社長に、また雇ってくれるよう、頼んでおこうか。

いや、白柳産業からの仕事が増えるんなら、すぐに使える人手があったほうがいい。

うーん、これは悩みどころだ。いったい、どうすれば丸く収まるだろう。

「あ！」

風奈がいない間だけ、アルバイトを雇えばいいだけのことだ。うん、さっそく、社長に提案しよう。

「なんですか、急に」

彼女は迷惑そうに、顔をしかめる。

「大きな声を出さないでください」

「すみません」

風奈は神妙な顔で謝った。だけど、内心ではうきうきしている。

昨日の夜、柄にもなくちょっと泣いた。もう、あの場所には戻れないんだ、と思うと、涙がこぼれてしょうがなかった。

でも、帰れる。技術を身につけられる。三か月、何もしなかったら、確実に腕は落ちるだろうけど。それは、努力でカバーするしかない。

「スケジュール管理や電話の応対といった、普通の秘書がやるようなことは、秘書課がやりますので気にしないでください」

「え、じゃあ、俺は何をすればいいんですか？」

まさか、ただ座ってるだけ？　白柳社長が何かを要求するまで、ぼーっとしてればいいのだろうか。

それはまた、楽な仕事だ。

「それは、社長に聞いてください」

彼女はどうでもよさそうに答える。実際に、どうでもいいのだろう。

「わたくしは、社長直属の秘書が何をしているのか知りませんので。ああ、それと、二番目の、社長を逃がさない、ですが。これは、社長からの条件ではなくて、秘書課からの要請です。なので、社長には漏らさないように」

「逃がさない、って、どういうことですか?」

白柳社長に逃走癖でもあるのだろうか。

「社長は、ふらっと、どこかへ行ってしまう癖がありまして」

…まさか、当たっているとは思わなかった。自分でも意外すぎる。

「それも、大事な会議のときとか、どうしても外せないパーティーとか、そういうときにかぎって、逃げます。なので、目を離さずにいてください。逃がさない、というか、社長がどこにいるのかを常に把握しておいてもらいます。確保は、また別のものがしますので」

「確保とか、穏やかじゃないですね」

なんとか冗談にしたくて、風奈は、あはははは、とわざとらしく笑った。当然、彼女はなんの反応もしない。

「こちらが聞いたときに社長の居場所を把握できていない場合、一回につき五万円ほどお給料から引きます」

「はーっ⁉」

五万って、なんだ⁉　そんな単純な仕事だったら、手取りで二十万もいかないだろうに。たかが、白柳社長がどこにいるかわからないだけで、五万も引かれるなんて割に合わなすぎる！

「そのために高いお給料を払っているのですから、当たり前です」

「高いって、俺、給料を知らないんですけど、どうせ、二十万ぐらいですよね？」

風奈のいままでの給料が、手取りで十五万ちょっと。けっして高くはないけれど、安アパートに住んでるし、休みの日も勉強のために会社に行ってたりしたのでほとんどお金は使わない。毎月二万ほど預金もできていた。預金額が七万に増えたところで…まあ、ちょっとは助かるな。

「桁《けた》がひとつちがいます」

「…二万？」

だとしたら、いくら仕事が簡単でもごめんこうむりたい。いや、辞められないんだった。でも、二万じゃアパートの家賃すら払えない。

「それを高いと感じるなら、あなたの感覚がおかしいですね。二百万です」

にひゃくまん？　なんだ、それ…。

「はーっ⁉」

ようやく、その金額が脳に到達した。二百万って、どういうことだ。一か月で二百万も払って、この会社はそれでいいのか。いや、まあ、給料なんて勝手に決めればいいけど、ほかの人たちから文句は出ないのか。

二百万って、二百万って…。

すごいぞ！

「だから、静かにしてください」

彼女は顔をしかめながら、わざとらしく耳をふさぐ。

「たしかに高いですが、たった三か月です。使わずに預金しておくことをおすすめしますね」

「もちろん、そうします！」

だれが使うか！　ずっと預けておいてやる！

二百万×三か月。つまり、六百万。そんな臨時収入が入った上に、三か月たったらもとの会社に戻れて、仕事も継続的にもらえる。

うん、これは最高の条件だ。

昨日、決死の覚悟、とまではいかないけれど、かなり悲しくなりながら、こっちに移ることに決めたのに。待っていたのは天国だったなんて。

俺って、かなりラッキー！

「まあ、もしかしたら一か月もたたずに社長が飽きることもあれば、半年ぐらいに延びたりすることもありますが、一年はつづかないと思っていてください」

「一か月もしないで⁉」

二百万全部もらえないのは残念だけど。それだけ腕が鈍る可能性も減る。

「たとえ、一か月未満で解雇になったとしても、一か月分は払わせていただきますから、安心してください」

ということは、だ。

風奈は頭を働かせる。あまり回転が速くないことも、理解力がないことも自分でわかっているけれど、このぐらいの計算ならできる。

なるべく早く白柳社長に飽きられればいいのだ。たとえば、一日で辞めさせられたとすれば、日給二百万というおいしい仕事になる。

「ただし」

浮かれる風奈に釘《くぎ》を刺すように、彼女は冷静に告げた。

「最初に言った条件のうちのひとつ、社長に逆らわない、に反した場合、まったく給料は出ません。居場所がわからない場合は秘書課が困るだけですが、社長に逆らって、社長の気分を損ねた場合、会社そのものに損失を負わせることになりかねませんから。ひどい場合は、訴訟を起こさせていただくこともあります」

「訴訟⁉」

風奈は驚いて、彼女を見る。

「訴訟って、裁判ですか?」

「ええ、もちろん」

平然としたまま、相手は答えた。

「うちには有能な弁護団がいます。裁判で負けたことはありません。裁判にはお金がかかりますから、お給料がもらえないだけじゃなくて、もちだしになりますね」

冗談じゃない。裁判にどれだけお金がかかるのか、実際のところはわからないけれど、時間とお金をかなり使う、ということぐらい、風奈だって知っている。

「逆らうって、どういうことが入るんですか?」

「社長の要求に、ノー、と言うことです」

「たとえば?」

絶対にできないような要求を出されても困る。

「いまのわたくしの答えに、たとえなど必要ですか?」

彼女は顔をしかめた。

「すべての要求をのんでいただければいいだけです」

「ああ、そうじゃなくてですね。たとえば、どういう要求をされるのか教えていただけるとありがたいんですけど」

「さあ、それはわたくしにはわかりません」

彼女は肩をすくめる。

「管轄外ですから」

「えーっとですね。じゃあ、どんな無理難題を出されても、黙ってうなずけ、ということですか?」

「やっとわかっていただけましたか」

彼女はいやみたっぷりに言った。

「いつも、ここまで理解していただくのに時間がかかります。社長は仕事はできますが、女の趣味は悪いんですよね。今回は男ですが。まあ、それで社長がやる気になっていただければ、わが社としては問題ないので、どんな秘書だろうとかまいません」

いやいや、待て待て。ただ、こういうことか、と質問しただけで、理解する、とか、それをやる、とかは、また別の問題なんだけど。

「あの、どうして逆らったらいけないのか、教えていただけませんか」

「社長の仕事に対するやる気が、著しくそがれるからです」

「…は？」

風奈は、ぽかん、と口を開ける。

社長は子供か！　だれだって、逆らわれたり、怒られたりなんてしたくない。だからといって、仕事を放棄するとか、それが社会人のやることか。

「この会社は、白柳社長のワンマン経営なんですか？」

「そんなわけがないでしょう。この規模の会社をすべて社長の意思だけで経営できるわけがないじゃないですか。当然、社長の意見がすべて通るわけでもありません。それを慰めるために、社長直属の秘書がいるわけです」

いや、だから、子供か！　そんなの自分でどうにか解決しやがれ！

どう考えてもおかしな条件なのに、この人はそれを当然だと思っている。その時点で、すでに変なのだ。

だいたい、そういうのって…。

「恋人とか、奥さんとか、いらっしゃらないんですか？」

そういう人の役目じゃないんだろうか。

「結婚はしてらっしゃいません。恋人に関しては、存じません。それが、この話となんの関係があるのかも、まったく理解できません」

「そうですか…」

だったら、これ以上、話してもムダだ。

「じゃあ、俺のやることは、社長に逆らわずに、社長の居場所を常に把握する。それだけでいいんですね」

「そうです」

彼女は無表情にうなずいた。

「今度こそ、完全に理解していただけたと思っていいのですね」

「はい」

理解なんかできないけれど、わかったふりをしていればいい。どうせ、条件が変わることなんてないのだから。

「それでは、ほかに質問がなければ、わたくしはこれで失礼させていただきます」

「あの、俺はどうすればいいんですか？　社長が来るのを、ここで待っていればいいんでしょうか」

「ああ」

彼女は、ぽん、と手をたたく。

「わたくしともあろうものが、うっかりしていました。これから秘書室に案内いたします。そこで、社長が来るのを待っていてください」

「わかりました」

とにかく、さっさと白柳社長に飽きられること。それだけに専念していればいい。

「それでは、ついてきてください」

風奈が本当についてくるのかたしかめもせずに先に立って歩く彼女のあとを追いながら。

めんどうなことになったたな、と心の中でつぶやいた。

まったくもって、めんどうなことになった。


ここです、と案内されて、鍵《かぎ》を渡された。秘書室を開けるのも風奈の役目らしい。彼女は、自分の役目はすべて終わった、とばかりに、さっさとどこかへ行ってしまった。

風奈は鍵を開けて、中に入る。目の前に広がっているのは、さっきの応接間の何倍もの広さの部屋。そこに、座り心地《ごこち》のいい広いソファ、その前に丸いテーブル、壁際には大きすぎて何インチかわからない液晶テレビ、オーディオセット、バーカウンターなどが並んでいる。

風奈が秘書室としてイメージしていたものとは、まったくちがっていた。唯一、パソコンだけが仕事に関するものだ。ただし、スケジュール管理などをやらなくていいので、あれは趣味用に置いてあるのかもしれない。

「うわ、すっごいな、この部屋」

「けど、ま、そっか」

普通の仕事をしなくていいのなら、白柳社長から呼び出しがあるまでは自由時間ということだ。退屈をまぎらすために、テレビなどが置いてあるのだろう。もしかして、お酒も飲んでいいのだろうか。

まあ、風奈はお酒がそんなに飲めないし、あまり好きでもないので、関係ないけど。

「で、あそこが社長室だな」

入り口とは逆側に、もうひとつドアがある。こんな部屋で仕事ができるわけがないし、社長室は、きっと、まともなはずだ。

開けてみようか、と思ったけれど、十時には社長が来ることになっている。探っている最中に入ってこられたら、初日から気まずいことこの上ない。ここは、おとなしくしておこう。

「テレビとかは、見ないほうがいいよな」

慣れたら、社長から呼ばれてないときの過ごし方をいろいろ考えられるかもしれないけれど。いまは、やめておこう。

「ちがう、ちがう」

風奈は、ぶんぶん、と首を横に振った。慣れたら、とか、何を考えてんだ。慣れる必要なんかない。とにかく、さっさと飽きられること。それも、逆らったと思わせないようにして。居場所も常に把握して。

完璧《かんぺき》に仕事をこなしながら、白柳社長に、明日からもう来なくていい、と言わせるには…。

「いったい、どうすればいいんだ？」

だいたい、そんな器用なこと、自分にできるのか？

「あ、そっか！」

ありのままでいたら、きっとすぐに飽きられるにちがいない。…自分でそんなことを思うのも悲しいけれど、背に腹はかえられない。

「よし、じゃあ、テレビを見ない、っていうのはやめて、ここでくつろいじゃえ！」

そうしたら、さすがに白柳社長はあきれるはずだ。まさか、初日からそんなことをするなんて、といやな気分にさせれば、しめたもの。

ソファに座って、リモコンを探していたら、ガチャリ、とドアが開く音がした。風奈は、慌てて立ち上がる。

「おはようございます！」

秘書室に入ってくるんだから、白柳社長に決まってる。反射的にあいさつをして、頭を下げていた。

ちがうーっ！　そうじゃないのに！　礼儀正しくするつもりなんかないのに！

「おはよう」

落ち着いた、ちょっと低めの声が聞こえた。風奈は顔を上げる。

「うわっ…」

思わず、そんな声が漏れた。そこに立っていたのは、どこかのモデルかと思うぐらい背が高くて、スタイルがよくて、顔もいい、そんな人だったからだ。くしゃっとした髪は、どちらかというとやわらかい雰囲気の表情によく似合っている。街を歩いていたら、だれもが振り返るレベルだ。高そうなスーツを着こなして、ぴっ、と姿勢よく立っている。

「どうかしたのか？」

白柳社長は、にっこり笑った。その笑顔すら、まぶしい。

「いえ、なんでもないです」

まさか、かっこよすぎてため息が漏れました、と言うわけにはいかない。

「戸口風奈だな」

白柳社長は、ウィンクする。そんなしぐさが、いちいち決まっている。まったくもって、うらやましい。わざわざ高いお金を出して秘書を雇わなくても、だれもが世話をしたがるだろうに。

「はい」

「うん、合格」

「何がですか？」

風奈は首をかしげた。

「俺はさ、風奈のとこの会社の名簿を見てて、その名前が気になったわけ。だって、風奈っ

て女みたいじゃん？」

痛いところをつかれて、風奈はうっとつまる。それは、子供のころから、ずっと言われてきたことだ。ちっちゃいころは女の子にまちがわれるような顔立ちをしていたせいもあって、よくからかわれていた。

だから、風奈は自分の名前があまり好きじゃない。親は、字画がいいから、と言っていたけれど。もうちょっと、男らしい名前がよかった。

「だから、どんなやつなんだろう、って思って。俺の好奇心を満たすために、ここに来てもらったんだよ」

「…へ？」

もしかして、たったそれだけのために、わざわざあの会社に足を運んで、風奈を秘書にさせるための取引をもちかけたわけ⁉

…この人、変じゃない？

「かわいくなかったら、そのまま返してあげよう、と思ってたけど。風奈はかわいいから、このまま、俺の秘書でいてもらう」

子供のときのままではないとはいえ、いまだに風奈は、かわいい、と言われる顔立ちをしている。丸顔が悪いのだ、と風奈は勝手に思っているが、他人に言わせると、二重でぱっちりしている目もダメらしい。もっと、すっとした顔に生まれたかった。

そう、たとえば、この目の前に立っている人みたいな。

「よし、じゃあ、風奈」

「なんでしょう、社長」

風奈は慎重に返事をする。逆らわないつもりだけど、うっかり反抗したりしないように。

「社長って言い方は、かわいくないな。櫻聖《おうせい》って呼んでくれていい」

「オウセイ?」

なんだ、それ。

「あー、風奈、ちょっと足りないんだな」

白柳社長は、とんとん、と頭をたたいた。

「いまの世の中、ネットを調べれば情報なんて腐るほど手に入るのに。これから勤める会社の社長をググってもこないなんて。むずかしいほうの櫻に聖書の聖で、櫻聖。よろしく」

「名前が櫻聖なんですか?」

「そうだけど。白柳櫻聖。聞いたことねえの?」

「ないです」

きっぱり、はっきりと。

あ、ちがった! そうじゃない! 社長をいい気分でいさせないと二百万がもらえないのだ!

「けど、それは、俺がバカだからで！　白柳産業の社長を知らないなんて、そんな人、この世にいませんよ！」

…こういうの、すっごく苦手なんだけどなあ。

「ふーん」

白柳社長は、肩をすくめる。

「どうせ、秘書課あたりに何か吹き込まれてんだろ。ま、いい。脱げ」

「あ、ここ、靴ダメだったんですか⁉」

風奈が慌てて裸足《はだし》になろうとしたら、白柳社長が、くすり、と笑った。

「ちがう。全部脱げ。裸になれってことだ」

「…なんでですか？　身体検査？」

「まあ、似たようなことかな。今日はちょっとアイディアを出さなきゃなんなくてさ。そのためには、セックスが必要なわけ。だから、脱げ」

え？　え？　え？　意味がわかんないんだけど！　セックスって、あのセックス⁉　それをなんで、男とやるわけ⁉

あ、わかった！

「冗談ですよね」

風奈は、あははは、とわざとらしく笑い声を立てる。

「初日だからって、俺をからかってるんですよね」

「いや、全然」

そんな即座に否定されても！

「秘書課があるのに、俺専用の秘書がいるんだ。どういうことかなんて、子供じゃないんだから、わかるだろ」

わかるかーっ！　だったら、女の子を選べばいいじゃないか！　こっちは男だーっ！

「あ、俺、両方いけるから」

風奈の反論を予想したのか、白柳社長は笑顔でそう言った。

「だから、俺、男なんで、とかの理由は通用しない。俺が気に入って、勃《た》ちそうなら、相手をしてもらう。それだけだ。そして、風奈は合格」

ああ、だから、合格と…。

「というわけで、脱げ。やるぞ」

もう一度言われて、風奈はぽかんと白柳社長を見た。

冗談だよね？　だれか、そうだと言ってくれ。

もしも夢なら、いますぐ覚めてくれ。

頼むから。

2

白柳社長が近づいてきて、風奈は、神に祈ってる場合じゃない、と気づいた。この危機を乗り切るには、自分でどうにかするしかない。

「俺に逆らうな。そう言われただろ」

ああ、そういうことだったのか。こういうサービスが入っているから、二百万も払うのだ。なるほどね。そんなの…。

「納得できるかーっ！」

まったくもって、自分は鈍い。そんなの、だれかに言われるまでもなく、よくわかっている。ただ単に白柳社長の動向を監視するだけなら、ＳＰなりなんなりを雇えばいい。それ以上の何かがあるから、秘書という名目で、風奈のような人間が必要になるのだ。三か月に一度の割合でころころ変わるのも、当然だ。体目当てなんだから。

飽きたらおしまい。

それは、つまり、相手の体がどうでもよくなって、新しいだれかが欲しくなったら、という意味。

単純に二百万を喜んでいたあのときの自分を、ぶん殴ってやりたい。

「おや」

白柳社長…いや、社長とか呼んでやるものか、こんなの呼び捨てでいい。白柳社長あらため白柳は、意外そうに風奈を見た。

「めずらしい。俺に向かって怒鳴るなんて。風奈は、んーと、おまえんとこの会社、名前なんだっけ？」

だれが教えてやるもんか！　社長に迷惑かけるようなことできるわけがない。

「ちょっと待ってろ。いま、記憶をたどるから」

白柳は目を閉じて、考え込んでいる。

この隙に逃げてやろうか。うん、そうしよう。

風奈が、そっとドアへ向かおうとした瞬間、白柳は、ぱちっと目を開いた。

「井上工業だったな。あの人のよさそうな社長は、いまごろ、風奈を差し出したことを後悔してるかもな」

…え、こいつ、何？　本当に記憶を探ったわけ？　だったら、その頭には、どれだけのメモリーがあるのだろう。なんでもかんでも忘れてしまう風奈とは大ちがいだ。

「そこへ、おまえが逃げて帰ったりしたら、社長はおまえをかくまうだろう。ただし、すぐに倒産して、社員ごとバラバラになるだけだ。が、それまでの一週間ぐらい、楽しく過ごせばいい。風奈が逃げるなら、俺は止めない。井上工業への発注をとりやめるだけだ」

風奈は動けなくなる。

「卑怯者《ひきよう》……」

しぼり出すように、そう言った。

逆らうな。

その命令に、従う気はなかった。二百万なんて、いらない。クビにするなら、さっさとすればいい。

昨日まで勤めていた会社を脅しに使われて、恩のある社長をダシにされて、それでも、はいはい、とうなずくなんて、風奈には無理だ。

「そう、俺は卑怯なんだよ」

白柳はにやっと笑う。

「じゃないと、この年でのし上がれるわけがないだろう。自分の頭脳の使い方を知ってるし、いったん手に入れた権力は、何があっても放さない。どっかの零細企業みたいに、うちからの仕事がなくなったら困るから、社員を差し出すような羽目には陥りたくないしな」

「うるせー！　このクソ野郎！」

風奈は声をかぎりに怒鳴った。

「社長は、ずっと悩んでたんだよ！　だから、期限ぎりぎりになったんだ！　それも、なんだ？　俺の名前が気になったから、とかバカげた理由で、社長に無理難題をふっかけやがって！　他人の人生、めちゃくちゃにしてんじゃねえよ！」

「されるほうが悪い」

白柳は肩をすくめる。

「うちからの仕事がなくてもやっていけるだけの体力があれば、風奈を手放さずにすんだんだろ」

「けど、それは、この不況で…」

「あのな、そこの考えなし」

白柳は冷たく風奈を見た。

「不況とか、そんなの、どこだって一緒だっての。うちみたいにでっかくて体力があっても、倒産するときはすんだからさ。リスクマネジメントもしないで、一社からの仕事に頼ってたらダメに決まってんだろうが。つまりはさ、うちに甘えてるってことだろ」

風奈はぐっと唇を噛《か》む。反論がまったく浮かんでこない。

たしかに、白柳産業からの仕事がある間は大丈夫だ、と、みんな思っていた。先代からのつながりだと聞いていたから、すぐには仕事を切られないだろう、と甘く考えてもいた。

…あれ？　先代って、どういうことだ？　だって、たしか、ここって…。

「白柳産業って、おまえが興した企業なのか？」

「なんだ、突然」

白柳は驚いたような顔になる。

「いま、そんな話してたっけ。ま、いいけど。聞きたいなら教えてやるぞ。うちのことをまったく調べてこなかったおバカちゃんに、理解できるかどうかわからないけど」

いちいち、むかつくやつだ。それに対して、異議を唱えられないところすら腹が立つ。だってさ！　行きたくもない会社のことなんか、調べるわけねえじゃん！

「二十代前半で起業したんだ。うち、親が金持ちだから、その金貸してもらって。あ、とっくに返し終わってるから安心しろ」

おまえの心配なんか、だれがしてやるかーっ！

「親は、息子《むすこ》の道楽だと思ってたみたいだけど。十年もたたずに業界でのし上がって、十五年たったいまでは、知らないものがいない、というところまでになってる。まあ、当然だよ。俺は柔軟な考え方をするし、古株役員でガッチガチに固めたバカ企業なんて相手になんねえ。才能があれば、どんなやつでも引き上げるから、みんな、やる気に満ちてるしな。ただし、そのおかげで、企画会議で俺がこてんぱんにやられることも多い。社長の考えは古いんですよ！　とか、まだ三十にもなってないやつに言われたら、さすがに落ち込むぞ。ああ、俺、新しい考えについていけてないのか、って。俺だって、まだぴちぴちの三十八だってのに」

いやいやいや。三十八はけっして年老いてはいないけど。ぴちぴちとかじゃないだろう。白柳は、もうちょっとで四十になるとは思えないほど若くは見えるが、大学出たてと比べたら、やっぱり年齢の差を感じるに決まってる。

だけど、にやりと笑った白柳の表情で、冗談なのだとわかった。本当にもう、あまりの鈍さに自分がいやになる。

「だから、若さを感じるためにも、慰めてもらうためにも、秘書が必要なわけ。わかった？」

秘書が必要な理由なんて、どうでもいい。金であとくされのない秘書を雇うのはどうかと思うけど、それで白柳ががんばれるのなら、そして、それだけのお金があるのなら、好きにすればいい。

風奈が疑問なのは、そこじゃない。

だって、白柳が興した会社なのだとしたら。

「先代からの義理って、どういうことだ？」

「先代からの義理？　何が？　っていうか、風奈、話が飛びすぎて、まったく見えん。俺の頭脳をもってしても無理だってことは、おまえ、よく人から、意味がわからん、と言われるだろう」

…たしかにそのとおりだけど、白柳の推理が当たっていると認めたくない。だから、風奈はスルーして、話をつづけた。

「うちの会社が白柳産業から仕事をもらってるのは…」

「もとおまえの会社、な」

風奈は顔をしかめる。

たしかに、いまは、もと、だけど。そのうち復帰する予定だからいいんだよ！

でもそんなことを言ったらまた話がずれそうなので、風奈はぐっとこらえた。

「俺がもと勤めていた会社は、先代からの義理で白柳産業から仕事をもらってる、って話なんだけどさ。おまえが興したんなら、その義理、関係なくね？」

「ああ、そうだ、そうだ、思い出した」

白柳は、うんうん、とうなずく。

「そのリストを見てたんだ。で、風奈の名前が気になったんだ。なるほど、そうだったか」

一人、納得している白柳を蹴《け》ってやりたい。さっさと説明しやがれ！

「親から金を借りる条件に、ここに仕事を回せ、ってのがあったんだよ。ほら、親は俺が失敗すると思ってるから。世話になったけど、なんとなく返したくない恩ってのがあるじゃん、人には」

「たとえば？」

風奈はお世話になった学校の先生とか、あとは井上社長とかには、いつか恩返しをしたい、としか思えないけど。

「うち、いったん、凋落《ちょうらく》しかけて。で、そのときに金を貸してくれたり、仕事回してくれたりした人たちがいるらしいんだけど。なんか、うちの親はその凋落してたことそのものを忘れたいみたいでさ」

「意味がわかんねえ」

風奈は首をかしげた。そういうときに見捨てなかった人たちは、本当の友達なんじゃないだろうか。

「うん、俺も、よくわかんねえんだよな、その辺は。恩って、返すもんじゃん」

「…おまえでも、まともなことを言うんだな」

「あのな、俺はまともだ。じゃないと、会社を大きくなんかできん。バカにすんな」

まあ、たしかに、それはそうなのかもしれない。秘書については、本人が納得さえしてればいいことだし。

俺は絶対にいやだけど！　何があっても秘書になりたくないけど！

二百万をもらえる上に、白柳とセックスができることを喜ぶ女性はたくさんいるだろう。もちろん、男でもいるにちがいない。

「ついでに、おまえとか言うな」

「白柳社長とか、ぜってーに呼ばねえ」

風奈は、キッ、と白柳をにらんだ。白柳はうなずく。

「俺も、そんなふうに呼んでほしくないし」

「あ？」

風奈は眉をひそめた。いったい、どういうことだ？

「名前で呼べ、って、最初に言っただろうが。あれだな。風奈はちょっと鈍いんだな。覚えておこう」

「うっせえ！」

風奈はわめく。たしかに、白柳は頭がいいんだろうけど。鈍い、とか、いやがる相手を秘書にするようなやつに言われたくない！

「俺が鈍くて、おまえに迷惑かけたか⁉」

「俺には迷惑かけてないとしても、井上工業には迷惑なんじゃないのか？」

白柳の言葉に、風奈は、はあ？　と反論しようとして、やめた。

そうだ。そうだった。

風奈が秘書になる代わりに、井上工業に仕事を発注しつづける。

それが取引の内容だ。ここで、風奈が怒って、出ていってしまったら、風奈が戻る場所がなくなってしまう。

だからといって、白柳とセックスなんか、絶対にしたくないし。

ほかの会社でもいいんじゃないか。

風奈の心の奥から、そんな声が聞こえてきた。

社長にはお世話になったけど。体を張ってまで守るようなものかというと、別にそんなこともない気もする。三年間の経験があれば、雇ってくれるところは見つかるかもしれない。二度と社長やほかの社員とは顔を合わせられないけど。恨まれてしまうだろうけど。でもさ、でもさ。白柳の言うとおり、新規客を開発しなかった怠慢さってのもあるわけじゃね？　俺だけがその責任を取る必要はないよな？

「うちの親さ、俺が失敗すると決めつけてたから、ちょっとの間、仕事回せば恩を返したことになる、と思ったみたいで。うちの息子は優秀でして、って言いながら、ぽんぽん、仕事を請け負うわけよ。それも、かなりいい条件で。相手の職種はばらばらだしさ。俺はそんな広くめんどう見られないのに、勝手なことばっかすんだよ、あのバカ親は」

それは、ほんの少しだけ気の毒だ。白柳が助けてもらったわけでもないのに。

でも、話がそれてないか？

「おかげで、俺はいろんな職業のノウハウを覚えて、会社を大きくすることができたわけ。仕事をあげた、って言い方もどうかと思うけど、まあ、そんな感じになってる人たちも、うちがでかくなればなるほど安泰なわけじゃん、自分の会社が。まあ、契約したのは、まだ会社を始めたばかりのころだし、そんなでっかい取引とかしてねえけど。いまでも、切らずに仕事回してんだよ。なんでかっていうと」

白柳はにやりと笑った。

「最近まで、そういう会社の存在をすっかり忘れてたから。でさ、うちに入ってくる優秀な頭脳の持ち主どもが、この取引先はなんですか、ってすんげー昔の書類持ってきたわけ。それで思い出した。親に押しつけられた会社がいっぱいあることに。十五年も甘い汁吸わせりゃ十分だろ。ちゃんと利益上げてるところは、のぞいたみたいだし。だから、全部、ばっさり切って、親を困らせようと考えたわけだよ。苦情は全部、あいつらにいくわけだから」

白柳はウィンクする。それがまた似合ってて、意味もなく不愉快だ。

「うちは…」

「もと、な」

いちいち訂正しなくてもわかってるっての！

「俺が昨日まで勤めてて、おまえが無理やり引き抜いたせいで辞めなきゃいけなくなった会社は、何が悪かったんだよ」

「コストパフォーマンス」

風奈のいやみにもまったく動じることなく、白柳はしらっと答える。

「下請けにするほどの魅力は、あの会社にはない」

「うちの製品には自信があるぞ！」

風奈は抗議した。白柳は肩をすくめる。

「おなじクオリティでも、もっと安いところはいくらでもある。たしかに、丁寧に作られているみたいだが、コストを抑えられるならそれにこしたことはない」

「そうやって、コスト、コスト、って言うから…」

「あのな、風奈」

白柳は、じろり、と風奈を見た。それが、いままでのふざけた感じとはちがっていて。風奈は思わず、口をつぐんでしまう。

「俺は道楽で会社をやってるわけじゃない。コストパフォーマンスを考えずに、経営が成り立つわけないだろうが。恩なら、この十五年で返した、とさっきも言ったはずだ。特に、井上工業は下請け扱いだろう。なのに、うちで必要な膨大な数の部品を全部引き受けるでもなく、やれる範囲でしかやってない。それなら、一括で安くしますよ、と持ちかけてくるところに鞍替《くらが》えするのは当たり前だろうが」

白柳は正しい。本当に本当に本当にシャクだけれど、言ってることは、ものすごく正論だ。風奈だって、おなじように考えるだろう。

「だから、風奈の名前が目につかなかったら、今日から仕事を引き上げてたぞ。おかしな名前をつけた親に感謝しろ」

おかしくねえし！　と反論するには、同意すぎた。たしかに、変な名前だ。親が何を願ってつけたのか、まったくわからない。

大きらいだったこの名前が、役に立つ日が来るなんて。人生は不思議だ。

「俺は、別にどっちでもいい。風奈がいやだと言うなら、別の秘書を見つけるまでだ。無理にだと、めんどくさい。毎日、毎日、いろんな会議で元気な若手とやり合って、帰るころには疲労困憊《こんぱい》なんだ。戦いに赴く前でも、疲れて帰ってきたときでもいいから、とにかく、俺が必要なときに、笑顔で俺の言うことを聞くやつしかいらん」

「アホかーっ！」

風奈はわめいた。仕事に関してはまともだとしても、その他についてはまったくダメだ、こいつ。

「そういうのは秘書じゃなくて、恋人の役目だーっ！」

「おまえ、女とつきあったことねえだろ」

白柳は、ふん、と鼻を鳴らす。

「あ…ある！」

風奈はとっさにそう返事をした。だけど、きっと、すぐにばれるに決まってる。

「へえ、いつ？」

「こ、高校んとき」

「どっちが告白したわけ？　あ、そうそう、相手の名前は？　かわいい子だった？　それとも、性格で選んだ？　あ、若いから体もありか」

「えーっと、告白は…」

にやにやしている白柳に負けを認めたくない。どうにか、話をでっち上げたい。だけど、きっと、白柳はこれからも矢継ぎ早に質問を繰り出してくるだろうし、そのうち、ボロが出てしまう。

「わーったよ！」

最初にうそをついたのは自分なのに、風奈は逆ギレした。

「だれともつきあったことねえよ！　どうせ、俺はもてねえんだ。笑えばいいだろ」

「いや、恋人だろ、って言ったときから、わかってたことだし。別に驚かない。だってさ、こっちが、忙しい、ってつきあう前から宣言してるのに、最初は、いいわよ、って笑ってても、そのうち、般若みたいな顔で怒るんだぜ。忙しいっていっても限度があるでしょーっ！　私はあんたのなんなのよ！　もっと大事にしてくれてもいいじゃない！　って。アホか。おまえが会社経営以上におもしろい存在だったら、とっくに大事にしてるっての。だから、恋人なんていても邪魔なだけだし、まったく安らげない。たまに会ったら要求ばっかしてきやがるし。だから、俺に必要なのは秘書なんだよ」

「だったら…だったら…」

たたみかけられても、風奈の頭ではまだ完全に理解はできない。だけど、恋人じゃあダメなのだとわかった。

必要なときにやさしくしてくれて、セックスさせてくれる相手。

それって…。

「娼婦《しょうふ》？」

白柳は、ぽかん、と口を開けたあとで、ぷっと吹き出した。その笑いが、どんどん大きくなっていく。

「おまえなあ。それ、法律違反だぞ。そんなことして、つかまったらどうする」

「…でも、おんなじじゃん、やってること」

風奈の小さな声での反論に、白柳はあっさりとうなずいた。

「まあ、存在としては娼婦みたいなものだが、きちんと秘書という役割を与え、おたがいが納得した上で仕事内容を決めてるわけだから、問題ない」

「だったら、俺は納得しない」

「わかった」

白柳は簡潔に答える。一瞬、聞きまちがいかと思って、風奈はまじまじと白柳を見た。

「え、いいのか？」

「だから、無理やりとかめんどくさいのはいやだ、って言ってるだろ。ただし、なんの仕事もしてないから報酬はなし。それと、井上工業には、今日の分から発注を取り消させてもらう。わかったら、さっさと帰れ」

白柳は、しっ、しっ、と、まるで犬でも追い払うみたいに、手を振る。

「俺は新しい秘書を見つけなきゃなんねえんだから」

ほっとした、というのが、最初の感情。そして、徐々に罪悪感が襲ってきた。

社長は、どう思うだろう。恨まない、とは言ってくれたけど。社長の娘さんは今年、中学入試だし、下の息子さんはまだ小さい。ほかにも、去年、子供が生まれたばかりの社員もいれば、結婚したての若手もいる。それが、今日、突然、告げられるのだ。

倒産する、と。

それも、風奈のせいで。

いや、ちがう。俺が悪いんじゃない。それに、社長だって負い目があるから事情を伏せてくれるはずだ。

風奈が運よく、ほかの会社に受かって、どこかで、もと社員に会って。

おまえ、運がいいよ。倒産する前に逃げ出すなんてさ。

笑い話としてそう切り出されたら、風奈も笑えるだろうか。

俺って、そういう鼻がきくんですよ。

何もなかったように、そんなふうに答えられるだろうか。

…無理だ。

風奈は泣きそうになる。

俺には、絶対に無理。だって、全員の顔が浮かぶのだ。みんなといろんな話をした。それが、つぎつぎと思い出されて。

「ああ、俺だ。一週間前にもらった書類についてだが、全部切っていい。苦情は俺に回すな。留守だと言え。ああ、全部だ」

携帯で話す白柳の声が聞こえた瞬間、風奈は白柳の腕をつかんでいた。

やりたくなんかない。自分の身を犠牲にしなくてもいいとわかってはいる。

だけど、理性と感情は、いつだって別なのだ。

「秘書をやります」

そう告げたら、心が軽くなった。白柳はじっと風奈を見る。

「なんでも、やります」

「ああ、すまん、ちょっと最終確認をしてた。井上工業あるだろう。あそこは、切れない。逆に発注を増やしてくれ。三倍……いや、五倍だな」

それだけあれば、かなり経営が楽になる。

「あ？　損はしてねえだろ。儲《もう》けが少ないだけだ。あと、今後一切、この件には関《かか》わるな。おまえが入社してくる前のことだ。いろいろあんだよ。わかったな」

白柳はそれだけ言うと、携帯を切った。それから、ふう、とため息をつく。

「愛社精神ってやつか？」

「受けた恩を返さないのは、人間としてダメだと思うので」

右も左もわからない風奈を、みんな、熱心に指導してくれた。もし、どこかが雇ってくれるような技術が身についているなら、それは全部、社長以下、すべての社員のおかげだ。会社を助けられる手段がある。

だけど、それはものすごく不本意なもので。できれば、いますぐ逃げたいけれど。

実際にそうしたら、絶対に後悔する。自分はそういう性格なのだと、本当はとっくにわかっていたのだ。

だって、セックスする、と聞いた瞬間に逃げなかったのだから。

嫌悪感しかないのに、ずっとこの場にとどまっていたのだから。

それは、自分がその条件をのまなければ、社長たちが困ることを知っていたから。

「まあ、理由なんてどうでもいい」

社長としては有能だろうけど、人間としては最低な白柳が、にやっと笑う。

「早めにやってきたんだ。覚悟を決めたら味見させろ」

「その前に」

風奈は冷静な声を出した。

ただひとつだけ、守ってもらう。どうしても、約束してもらう。

それがダメなら、逃げ出そう。

だって、あの場所に帰りたいから。

最長でも三か月後には、みんなに笑って出迎えてほしいから。

「俺に飽きたらクビにするんだろ」

「ああ」

当然、といった表情。だけど、もう腹も立たない。

こういう人間なのだ。

そう思うだけ。

「その間、俺のもと会社の仕事にミスがなければ、その後も発注をつづけてほしい」

「別にいいぞ」

決死の覚悟で口にしたのに、白柳はあっさりとうなずいた。

「…ありがとう」

「いままでだって、あれだけのお荷物があってもなんの問題もなかったんだ。風奈が秘書になるほど、守りたい場所なんだろ。それを尊重ぐらいしてやる」

思いやりなんてないのかと思っていたから、とても意外だけど。これで、全部、解決した。

だったら、さっさとすませたい。

「脱げばいいんだな?」

風奈はたしかめた。白柳は目を細める。

「そう、脱げばいい。あとは、俺に任せとけ」

早まったかな、と、ちらっと頭をよぎったけれど。ほかに道はない。

白柳の見ている前で、風奈はシャツを脱いだ。ズボンも、下着も、迷うことなく脱ぎ棄《す》てた。恥じらってるところなんて、見せたくないから。

「これでいいのか?」

「いい」

白柳の声が、甘くなる。

「ものすごくいい」

ぞわり、と背中に寒気が走った。だけど、風奈は平気な顔をする。

どうでもいい、と思わせたかった。

たとえ、それが本心とはまったく逆でも。

それでも、弱みなんて見せたくなかった。


「きれいな肌だな」

すーっ、と背中を撫《な》でられて、風奈は逃げそうになる体をどうにか抑えた。もちろん、こんなこと、だれにもされたことがない。彼女がいなかったのだから、当たり前だ。

仕事をもうちょっと覚えて、お金とか気持ちの余裕がでてきたら、きっと自然にだれかと恋をするのだろう、と楽観的に考えていた。

まさか、初めての相手が男で、それも、脅されたあげく、いやいやながらセックスするなんて、思ってもみなかった。

「日に当たってないからか、白くてきめが細かい。いい手触りだ」

「おまえ、背中フェチなのか」

怯《おび》えてると思われたくなくて、風奈は軽口をたたく。白柳が風奈の顔をのぞき込んだ。

「そういう虚勢も、きらいじゃない。いやなんだけど感じちゃう、ってのは、こっちにしてみたら気分がいいものだ」

「それがめんどくさいから、金払って秘書雇ってんだろ」

逆らわない、いつでも抱かせる娼婦のような…といったら、いままでの人に失礼だけど。とにかく、そんな感じの相手が欲しかったはず。

風奈だって、おとなしくしておくのが一番だとわかってはいる。だけど、黙ったままだと、なんだか不安で。だから、よけいなことをしゃべってしまうのだ。

「もちろん、そうだ。が、今日はまだ、会議でぼこぼこにされてない。そういうときは、少しぐらいの気の強さも歓迎だ。こっちも戦闘態勢に入れるからな」

白柳はうすく笑った。

「それに、初めてで怖がってる相手に意地悪する趣味は…」

白柳は、そこで言葉を切る。

「まあ、あるな。が、何をさせられるかまったくわからずに、のこのことやってきた、ちょっと鈍いおバカな子をいじめるほど、今日は虫の居所が悪いわけじゃないし」

居所が悪けりゃ、やんのか！

「だから、しばらくは、風奈が何か言っても聞き流してやる。あと、さっきの答えは、別に、だ」

「…何が？」

だいたい、質問なんかしたっけ？

「俺は背中フェチじゃない」

「ああ！」

背中を触られてぞわぞわしたから、その感覚をごまかしたくて、そんなことを口にした。本気で聞いたわけじゃないし、白柳だってそれをわかっているのだろう。

からかわれている。

そう思うとむかつくけど。質問すれば答えてくれるのなら。なるべく先に延ばせるのなら。それはそれでありがたい。

「ついでに答えておくと、なんのフェチでもない。ただ、白い肌は好きだ。それと、風奈は童顔なわけじゃなくて、本当に若いんだな。肌を触ると、すぐにわかる」

「それだけ、たくさんの人の肌を触ってきたってことか」

「そういうこと」

白柳は悪びれもせずに、言い放つ。

「で、ほかに時間稼ぎのための質問はあるのか？　答えてやるぞ。今日は特別だ」

…ばれてる。

風奈は思わず、うつむいた。風奈がわかりやすすぎるのか、それとも、白柳が鋭いのか。

とにかく、作戦は失敗だ。

もう、こうなったら、やれることはひとつしかない。

「さっさとしろよ」

風奈は顔を上げて、まっすぐに白柳を見る。

裸を観察されて、肌を触られて。まるで、いまからやることを思い知らされるようなその行為が、風奈の恐怖心をあおるのだ。

有無を言わさずにされるなら、あきらめもつく。何もしたことがないから怖いのであって、一回すんでしまえばどうってことないだろう。

そうであってほしい。

「風奈は本当にわかりやすいな」

白柳が目を細めた。

「が、まあ、バージンだから許してやろう。口を開けろ」

風奈は首をかしげる。口を開ける？　どういうことだ？　何かしゃべれ、って意味？

「キスをするから唇を開け、って言ってるんだ」

「ななな、なんで…」

慌てる風奈に、白柳はくすりと笑った。

「キスも前戯のひとつだからだ。まさか、おまえ、キスは好きな人としか、みたいな乙女思考を持ってるわけじゃないよな」

ちがう。そうじゃない。キスだってされるだろう、と覚悟はしていた。

でも、でも！

「なんで予告すんだよ！」

キスなんて、勝手にすればいいじゃないか！

「え、そのほうが風奈はいやだろうな、と思って」

にやり、と笑う白柳を殴れたら、少しはすっとするだろうか。

「おまえ、ホントに性格悪い！」

「あ、そうそう。その、おまえ、っての禁止。名前で呼べ、って最初に言ったろ」

そんなことを言われたような、かすかな記憶がある。ただし、肝心の名前はというと…。

「覚えてないんだろ」

「覚えてるよ！」

ああ、俺のバカバカバカ！　反射的に何かを答えるの、いい加減にやめなきゃ！

「それは俺が悪かった。じゃあ、呼んでみ」

白柳に言われて、風奈は自分の記憶をたどる。たしか、ちょっと変わった名前だった。漢字も教えてもらった。んーっと、何かのむずかしい漢字と、なんかの本の組み合わせ。なんだっけ。もうちょっとで出てきそうなんだけど…。

「俺は、年上の人は名字で呼ぶように、って、教育を受けてきたから」

時間を稼げ。その間に思い出すかもしれない。むずかしい字があるものを思い浮かべようとしても、頭の中は真っ白なままだけど。

覚えてる、と言った以上、どうにかして思い出さないと。

「俺が、それで呼べ、と言ってるんだ。上司の命令には従うのが筋ってものじゃないのか」

「それは、そうかもしんないけど…」

よく考えたら、漢字テストは苦手だった。むずかしくても簡単でも、漢字なんかわかるわけがない。

「だから、とにかく、一回だけでも呼んでみろ。それで、風奈にどうしても違和感があるなら、名字で勘弁してやる。覚えてんだよな？」

「覚えてるってば！」

いやいやいや。謝るならここだった。

ごめんなさい。うそでした。

そう言えば、許してはもらえないとしても、これ以上、頭を悩ませなくてもすむ。

「じゃあ、呼べ」

「いや、でも、あの、その…」

「風奈は壊滅的にうそが下手だな」

白柳があきれたように言った。

「小学生でも、もっとましなうそをつくぞ。覚えてないんだよな?」

「覚えてないです…」

風奈は、がっくりとうなだれる。粘ったのがムダになってしまった。だったら、最初から認めればよかった。

「櫻聖。むずかしいほうの櫻に聖書の聖だって、言っただろうが」

「ああ! 櫻かあ!」

そういえば、桜にはむずかしい漢字があるんだった。書けないけど、読める。本は聖書。

ほら、結構、いいところをついてるじゃん。

…まあ、思い出せなかったら意味がないけど。

「風奈が何をどう思い出そうとしたのか興味はあるけど、聞いても理解できなさそうだから、やめとく。事実はひとつ。風奈は俺にうそをついた」

「…ごめんなさい」

「え？」

白柳は驚いたように、風奈を見た。

「なんで、そこでとっとと謝る？」

「だって、うそついたから。ばれなきゃ、ごまかしたままだったかもしれないけど。うそつくのは、いくらおまえが相手でも、ほめられたことじゃないし」

「不思議なやつだなあ」

白柳がくすりと笑う。

「いままでの子たちとタイプがちがいすぎて、まだつかめん。俺にしたら、めずらしいことだ」

何か納得したようにうなずくと、白柳は風奈の頭を、ぱーん、といい音を立ててはたいた。

うそをついたバツだろうとわかったから、風奈は痛みをじっとこらえる。

「風奈はうそが下手なんだから、正直に生きていったほうがいいぞ。これは、俺の心からのアドバイスだ。あと、名前呼べ」

「櫻聖…さん…？」

まさか、呼び捨てってわけにもいくまい。

「さんづけか。ま、それで妥協しとこう。これから、そう呼べ」

「えーっ！」

親しくもないのに、名前でなんか呼びたくないんだけど！

「うそをついたお詫《わ》びに、名前で呼べ」

…うん、やっぱり、うそなんかつくんじゃなかった。やりたくないことばかりやらされる羽目になるだけだ。

「あと、舌を出せ」

「え！　引っこ抜くの⁉」

うそをついたから⁉　閻魔《えんま》さまでもないくせに⁉

風奈の言葉に、白柳は、ぽかん、として。それから大声で笑い出した。

「おまっ…引き抜くとかっ…そんなのっ…なんで、また…」

途中で笑い声が入るので、よく聞き取れないけれど。どうやら、理由が聞きたいらしい。

「うそついたから、舌を引っこ抜く、ってよく言うじゃん！」

白柳はぴたっと一度笑いを止めて、そのあと、また、腹を抱えて大笑いする。

「ちょっ…まじか…閻魔大王…なのか…俺…」

「なんだよ！　人が真面目に答えてんのに笑うなーっ！」

「いやっ…笑うに…決まって…」

ひーひー声にならない笑いまで発し始めた白柳を、風奈はにらんだ。

「じゃあ、なんで、舌を出せって言ったんだよ！」

「ああ…それは…」

白柳は涙を拭《ふ》くと、ようやく笑いを止める。

「うそをついたこととは関係ない。とりあえず、舌を出してみろ」

「…絶対に引っこ抜かないか？」

「舌って、人力で抜けるものなのか？」

風奈はちょっと考えて、まあ、無理だろうな、という結論に達した。

「俺は道具を持ってない。だから、引っこ抜かない」

白柳が、ほら、と両手とも、手のひらを上に向けて風奈に見せる。

「納得したら、舌を出せ」

風奈はひとつ深呼吸して、恐る恐る舌を出した。

「なんか、かわいいな」

白柳はくすりと笑って、風奈に手を伸ばしてくる。やっぱり引っこ抜かれるんだ！　と慌てて舌を引っ込めようとしたら、頭の後ろに手を回された。

…どうやらちがうらしい。

「な…何⁉」

「しゃべったら、舌が戻るだろ。いいから、出してろ」

「絶対に絶対に絶対に引っこ抜かない⁉」

「あのな、俺は猟奇犯罪者じゃないんだ。おまえの舌を抜いて、いったいなんになる」

たしかに、言われてみれば、引っこ抜いたあとが大変だ。この部屋は血だらけになるだろうし、警察沙汰《ざた》になるのは確実。

白柳がそんなバカなことをするとは思えない。

風奈はもう一度、舌を出した。そこに、すぐに、温かいものが当たる。

白柳の舌だ。

白柳が舌を出して顔を近づけてきたのはわかったのに。それでも、よけられなかった。びっくりしたからかもしれない。

「えっ…なっ…」

ぐっと顔を引き寄せられて、舌を絡められた。どうにか逃れようとするのに、そんな風奈の意思に反して、舌は白柳の動きに合わせる。

しばらく空中でたわむれてから、白柳は舌を離した。

「気持ちいいだろ」

風奈は何も答えられない。否定すればうそになる。だけど、肯定するのは悔しい。

「答えないってことは、イエスだな。風奈は本当にわかりやすい。今度は唇開け」

いったんキスされたからといって、ほいほいと従える要求じゃない。何をされるのかは、わかってるんだし。

「風奈の唇の中を舌で、ねちょねちょに掻《か》き回してやるから。気持ちいいぞ」

「なっ…！」

そんな恥ずかしいことを、平然と言うな！

「風奈、キス好きだもんな」

「そんなことっ…」

「ちょっと勃ってるぞ」

白柳が風奈自身を指さした。ふざけんな！　そんな手に引っかかるか！

「ま、男はそういう生き物だからな。しょうがない。俺、キスうまいし」

「勃ってねえよ！」

風奈はわめく。

「舌舐《な》められたぐらいで、勃つわけねえだろ！　俺をからかおうとしたって…んっ…んんっ…」

途中で唇をふさがれた。舌を唇の中に差し込まれた。くちゅ、と音をさせながら、口腔内《こうこう》を舐め回された。風奈は思わず、白柳にしがみつく。

どのくらい、時間がたったのか。ぼうっとする頭を抱えながら、風奈はつぶやいた。

「…勃ってない」

「勃ってる」

白柳は風奈の手をつかむと、自身に導く。触りたくなかった。現実を直視したくなかった。そこが変化していることを、いまはもうわかっているから。

「裸だから、わかりやすくていい」

にやりと笑われて、風奈の顔が朱に染まる。

「かわいい反応するんだな」

白柳の楽しそうな口調に、風奈は顔を覆って、洋服を身につけて、ここから飛び出していきたい欲望にかられた。

嫌悪感しかいらなかった。だったら、白柳を恨めた。

なのに、自分も楽しんでしまったら。こんなふうに気持ちよくなってしまったら。

無理やりだったと言えなくなってしまう。

そんなのいやだ。だって、これはほとんど脅迫なのだから。

「大丈夫。俺も勃ってるから」

でも、それは、白柳がこの行為を望んでいるから。

風奈はちがう。絶対にちがう。

「さて、と」

白柳はスーツの上着を脱いだ。ネクタイをぐいっと引っ張って、外そうとする。

そういえば、ネクタイの結び方なんて知らないな。

そんな、どうでもいいことを考えてないと、これからすることに意識がすべて向かいそうで。

覚悟したはずなのに。これでいい、と決めたのに。

やっぱりやめた！　と逃げ出してしまいそうで。

必死でセックス以外のことを考える。

キスは平気だった。だったら、きっとセックスだっておなじだ。そんなはずはないけど、自分にそう言い聞かせてないと困った事態になるかもしれない。

あと少しでネクタイがほどける、というときに、白柳の携帯が鳴った。白柳は舌打ちする。

「切っとくの忘れた。ちょっと待ってろ」

脱いだばかりのスーツの上着に手を伸ばして、ポケットから携帯を取り出した。画面表示を見て、白柳が眉をひそめる。

「ちっ、なんだよ、こんなときに。はい、もしもし」

白柳が電話に出てくれて、風奈はほっとしたような、残念なような、複雑な気持ちになった。どうせなら、何も考えなくていいようにこのままつづけてもらったほうがいい。でも、時間の猶予ができたことに安堵《あんど》してもいる。

ああ、もう、いっそのこと、何も言わずにさっさとやってくれればよかったのに！　引き延ばしたのが自分だとわかっていつつも、風奈は、そんな勝手なことを思う。

だってさ！　やりたくないのに絶対にしなきゃならない、なんてこと、すぐにのみ込めるわけがないだろ！　俺はじっくり考えて、そして、きれいに失敗するタイプなんだ。

…ダメだ。考えたらダメだ。まちがった方向に行くに決まってる。

早く電話が終わればいい。そして再開してくれればいい。

風奈は心の中でそう祈りながら、白柳の言葉に耳をかたむける。

「あ？　だから、それはおまえのミスであって、俺がフォローする筋合いはないだろ。そんなの、そっちでどうにかしろよ」

白柳は顔をしかめっぱなしだ。

「もう来てる⁉　ああ、もう、ったく！　行きゃいいんだろ、行きゃ」

大企業の社長ともあろう人の言い草とは思えない。こんなんでいいんだろうか。ひとごとながら、心配になる。

「十分かせげ。それぐらいはしろよ。いいな」

白柳は電話を切ると、風奈に向き直った。

「トラブった。俺はいまから、それを収めに行かなきゃならない」

「わかった」

仕事が優先なのは、しょうがない。

「俺はここで待ってればいい？」

「ああ、そうだな。それが終わったら、すぐに会議。昼はビジネスランチがあって、午後は企画会議。ここに戻ってくるのは五時過ぎだな」

「え？　つまり、どういうこと？」

「五時まで、ここで暇をつぶしてろ、ってことだ。メシは毎日、秘書課が弁当とかを考えてくれてるから心配すんな」

「裸で⁉　このまま待ってるわけ⁉」

で、弁当を受け取ったりすんの？　もしかして、あの朝の愛想のない女の人が届けに来るかもしれないのに⁉

絶対にいやだ。

「ああ、ガウンでも羽織ってろ。洋服はまた脱がすのがめんどくさいから、着るな」

「ガウン⁉　そんなもの、どこにあんだよ！」

この部屋に足りないものは、収納場所だ。仕事をしない秘書だから、別にいらないけれど。クローゼットもないのに、いったいどこからガウンを調達するわけ⁉

「ああ、そうだ、そうだ。その質問をするってことは、テレビとかの使い方もわかんないだろ。教えんの、忘れてた。ここにリモコンが入ってる」

言うなり、白柳はソファの右のひじかけ部分を、ぱかっと開いた。風奈は目を見開く。

「すげー！　そこ開くんだ！」

「手が届くところにリモコンがあったほうがいいと思って。ここを改造させた。で、テレビとかのリモコンは操作わかるよな？」

「…たぶん」

押せばいいだけだ。きっと、そうだ。

「ま、ＨＤＤとかには何も入ってないから、別に何を押してもかまわない。自分で覚えろ。で、これが」

小型のリモコンを取り出して、白柳は風奈に手渡した。

「部屋のリモコン。ライトのオンとオフはわかるだろ。で、下の開く、閉じるボタンがクローゼットのリモコン。押してみ」

え？　え？　どういうこと？

わからないながらも、風奈は『開く』のボタンを押してみた。すると、何もないと思っていた左側の壁が、すーっと左右に割れて、ウォークインクローゼットが現れる。

「えええええええええ！」

あまりの驚きに、大声で叫んでしまった。白柳は満足そうにうなずく。

「収納は完全に隠したくてな。ほかにも、細々したものがそろってるから。ああ、それと、洋服とか何着か持ってきとけ」

「な、なんで⁉」

「俺が破ったときのために」

白柳は、にやりと笑った。

「朝の俺は余裕があるが、戻ってきたときの俺はケダモノ化している。だから、洋服を無事に着て帰りたければ、ガウンにしろ。ああ、あと、これから何時間か一人でここで物思いにふけってると、ちょっとだけ考えたりするわけだ。ここから逃げても、大丈夫じゃないか、って」

どきん、とした。まるで考えを読まれているかのようだ。

それをつきつめたくないから、早くしてほしかった。セックスすれば、そんな迷いは消えるだろう。

長くて三か月。あとは、その期間を耐えればいい。

でも、いまなら。まだ、何もされてないこの状況なら。

逃げることを選んでしまうかもしれない。

それが怖かった。

白柳に抱かれるよりも、よっぽど怖かった。

「好きにすればいい」

「…え?」

　てっきり、釘を刺されるものだと思っていた風奈は、意外な言葉に首をかしげる。

「どういうこと?」

「会議から戻ってきた俺に、余裕なんかない。いたら、その場で押し倒す。それがいやなら、帰ればいい。ただし」

「井上工業には仕事を回さない」

「お、たまには鋭いときもあるじゃないか」

　白柳はからかうように言った。

「つまりは、そういうことだ。最初に説明したときとおなじ。俺は、無理強いをしたくない。特に、会議から帰ってきたときはクタクタだからな。さっきみたいな引き延ばしにつきあってる余裕もない」

　…やっぱり、ばれていたんだ。

「だから、俺が戻ってくるまでに心を決めろ。いてもいなくても、俺はどっちでもかまわない」

　すぐにつぎが見つかるから。

　暗にそう言われているのがわかって、風奈はぎゅっと両手を握りしめる。

　さっき、考えた。だけど、それはちょっとだけ。

白柳がいなくなって、一人残されて、たとえばテレビを見ていたとしても、頭は別の考えに占められていることだろう。

どうすればいい？　逃げてもいい？　それでも、俺は許される？　俺は、俺自身を許すことができる？　と。

それは、まるで拷問だ。

「十分でできねえの⁉」

「残念ながら、もう十分たったぞ。俺は行く。あとは自由にしろ」

白柳はウィンクする。

「テレビを見るなり、映画のＤＶＤがたくさんあるからそれを見るなり、音楽を聞くなり、昼寝するなり、それは自由だ。逃げるのも、な」

それだけ言うと、白柳はドアへ向かった。

「ちょっ…ちょっと待って！」

こんな状態でおいていかないでほしい。

ドアに鍵をかけるなり、風奈に手錠をかけるなり、とにかく、ここにいる必然性を与えてほしい。

「自分で決めろ」

白柳は振り向きもしない。

「その判断に、俺を巻き込むな。それじゃ、会えたら五時過ぎに」

ひらひら、と手を振ると、白柳は出ていった。風奈は、だれも見張っていない、鍵もかかっていない部屋に取り残される。

「…どうしよう」

セックスすると決めたのは、勢いだった。あの短時間だったから、思い切れた。

だけど、いまはたっぷり時間がある。

じっくり考えることができる。

「どうしよう、どうしよう」

風奈は、すとん、とソファに腰をおろした。そのソファのふかふかさも、いまはなんの慰めにもならない。

どうすればいい？

いったい、どうしたらいい？

3

「意外だな」

白柳は部屋に入ってくるなり、ぶっきらぼうにそう告げた。朝とはちがい、眉間に皺が寄っている。見た目にも疲れているのが、はっきりわかる。

「てっきり、いなくなってると思ってた」

自分でもそう思っていた。悩みに悩んだし、ドアまで行ったことも一度や二度ではない。部屋をうろうろし、クローゼットを眺めて、脱いだ服と見比べて、どっちにしようか考えてもみた。そして、考えつづけるのにも飽きたころに、ぐう、とおなかが鳴ったのだ。

「あ、そうか。もうちょっとでお昼だ」

部品製造という仕事の関係上、きりがいいところまでやってしまうので、お昼の時間はまちまちだけれど。毎日、しっかりと食べてきた。朝昼晩、ちゃんとごはんを食べるのも、仕事のひとつだと思っている。健康は宝だぞ、と会社の年輩の人たちが口をそろえて言うからだ。たしかに、病気になってしまったら働けない。それに、結構、体力を消耗するし、覚えることだらけで頭は使うしで、空腹だったら仕事にならない。

「お弁当って言ってたよな」

お昼はどこか適当にコンビニで買ってすませよう、と思っていたので、当然、用意なんかしていない。こういう大会社でどんなものが出てくるのか、楽しみでもある。

時計を見たら、十一時半。あと三十分したらお昼休みだ。

「よし、しばらく悩むのやーめた！」

朝からとんでもないことばかり起きて、疲れてもいた。だれかが届けてくれるんだから、裸でいるわけにもいかない。

「…しょうがない」

逃げると決心したら着替えればいいんだから、とクローゼットに向かい、かかっているガウンを取った。羽織った瞬間、風奈は目を見張る。

「ふわふわだ〜」

ガウンなんて持ってないし、着たこともないけれど。これは、かなり高級なものにちがいない。

「これで寝っころがってテレビを見たら、最高だな。あ、飲み物とかどうしよう」

バーカウンターにはお酒しかないのだろうか。そばに寄ってみたら、その下に扉があった。それを開くと冷蔵庫。中にはソフトドリンクがたくさん入っている。

「やった、ラッキー！」

風奈はコーラを取り出した。いまは、炭酸のしゅわしゅわした感じが嬉しい。一気に飲み干して、喉が渇いていたことにようやく気づく。そりゃ、そうだ。あれだけたくさんしゃべって、うっすら汗もかいたことだし。

お昼にコンコンとドアをノックされて、ガウン姿だとばれないようにうすくドアを開けた。ドアの向こうに立っていたのは最初に説明してくれた人とはちがったけれど、冷たい雰囲気はおんなじだ。そのときに、わかった。秘書課の人たちは、風奈が何をするために雇われたのか知っている。そして、社長つきの秘書という存在は、風奈であるなしにかかわらず、まったく歓迎されてないのだ、と。

まあ、それも当然だ。仕事もせずに、セックスの相手だけをして、二百万というお金をかっさらっていくんだから、風奈だって似たような立場の人間が会社にいたら、うとましく思うだろう。

弁当はものすごく豪華だった。このために残ってよかった！　と風奈が本気で思ったほど。あっという間にたいらげて、少しソファに横になる。

「あ、テレビ見ようっと」

ほんのちょっとだけ、何も考えずにいられる時間を楽しんでもいいだろう。平日の昼間にテレビを見ることなんてないから、なかなか新鮮だ。チャンネルをいろいろ回していたことまでは覚えている。つぎに気づいたら、リモコンは手から落ちて、ガウンははだけ、よだれまで垂れていた。

「寝ちゃった！」

やばい！　何も考えてないのに！　どうしよう！

「いま何時⁉」

腕時計は仕事柄、つけていない。携帯はズボンのポケットだ。それを探そうとしたまさにそのとき、ドアが開いて白柳が入ってきたのだ。

逃げなかったわけじゃない。逃げる時間がなかっただけだ。

「俺が思っていたよりも、どうやら風奈は義理がたいタイプらしい」

全然ちがう。

おなかいっぱいになって、緊張からとき放たれて、爆睡してた。

それが真実。だけど、帰ってきてここにいたら、そのときは容赦しない、と言われていた。いまさら、どんな言い訳をしたところで、許してはもらえないだろう。

白柳の目が、そう告げている。

怖い。

朝とはまったくちがう意味で、それを感じた。

この人が、怖い。

ぎらぎらした目。まるでいまにも飛びかかってきそうな野生動物の雰囲気。

ケダモノ、と自分で言ったのにふさわしい。

「俺も義理を果たそう。だから、風奈も」

白柳が近づいてきて、風奈のガウンの紐《ひも》を、ぐいっと引っ張った。ガウンがはだけて、そのままソファに押し倒される。

「自分の役割をきちんと演じろ」

風奈は何も答えられなかった。

ただ、固まって、白柳を見返すので精一杯だった。


「あっ…あぁっ…」

首元に噛みつかれて、風奈は体をのけぞらせた。

「もっと…やさしくっ…」

「無理だ」

白柳は、ちゅう、と風奈の首を吸い上げる。

「朝なら、やさしくしてやれた。いまの俺に、そんな余裕はない」

その言葉を証明するかのように、ぐいっ、と足を広げられた。つーっと太腿《ふともも》を撫で上げられて、びくん、とその部分が震える。

「が、さすがに、このまま入れたら、風奈も大変だろうから、濡《ぬ》らしてやる」

白柳はスーツのポケットから小瓶を取り出した。それで、白柳が洋服を着たままなのに気づく。高そうなスーツなのに、こんなことして皺になったりしないのだろうか。

「かなり優秀なローションだ。日本では認可されていないが、自然の成分だけで作られているから体にはまったく害がない。ちょっとした催淫《さいいん》効果もある。そうだな、十分ぐらいで効いてくるはずだ」

「でも、それって…」

「うるさい。質問するな。必要なことだけ、俺が勝手にしゃべる」

じろり、とにらまれて、風奈は口をつぐんだ。

顔は朝とおなじ人なのに。まったくちがうこの迫力はなんなんだろう。

「ちょっと、ひやっとするぞ」

　白柳は瓶の中身を手のひらにこぼした。透明で、とろり、としている。自分でするときにローションを使うほうが気持ちいい、と聞いたことはあったし、興味も当然持ったけれど。薬局でどうしても買えなかった。だから、ローションを見るのは初めてだ。

これが普通なのか、日本では売ってないものだというから、ちょっと変わっているのか、それすらわからない。

白柳は風奈の片足をソファの背もたれにかけた。さっきよりも足が大きく開かれて、恥ずかしいのだけれど、それを言える雰囲気ではなくなっている。

風奈は黙ったまま、白柳の行動を目で追った。白柳は手のひらの上のローションを指ですくって、風奈の足の間に腰を下ろす。

「きれいな色だな」

「なっ…」

風奈は思わず、そこを隠そうとした。その手を、白柳がはねのける。

「言ってるだろ。俺は疲れてて、機嫌が悪い。邪魔するなら、手を縛るぞ」

風奈は唇を噛んで、手を引っ込めた。朝だって、気に食わない、と思っていたのに。いまなんて、もう本当に最悪だ。

だけど、これで恨める。痛みしかないだろうから、思う存分、白柳を心の中でののしってやれる。

気持ちよかったらどうしよう、という、ほんのちょっとだけ頭の隅にあった不安も、きれいさっぱり消えた。あとは、白柳の好きにさせればいい。

恥ずかしいことを言われても、とんでもないことをされても、黙って耐えていればいい。

ひんやりとした感覚が、だれにも触れられたことがない部分を襲った。風奈は、ひっ、と小さな声を上げる。

「少し我慢しろ」

その言葉と同時に、白柳の指が中に入れられた。

「…っ」

痛い！　とわめいてやりたかったけど、うるさい、と一喝されそうで。そして、いまの白柳は、認めたくないけど、かなり怖いから。風奈は必死で声を抑える。

ぐるり、と内壁を撫でられて、指が届く奥まで入れられて、自然と風奈の腰がずり上がった。それに気づいた白柳が、もう片方の手で風奈の腰を押さえる。動けなくなって、風奈はじっと痛みに耐えた。あれだけの量のローションで、手はぬるぬるになっているはずなのに、それでもこんなに痛い。

何度も漏れそうになった声を押し殺して、白柳が指を抜いてくれるのを待つ。全体に塗り広げるのにそんなに時間はかからなかったけど、風奈はじっとりと汗をかいていた。

「これでいい」

白柳は淡々と言うと、そのまま体をずらして、風奈に覆いかぶさる。あごを上げられて、目を閉じた。すぐに、噛みつくような激しいキスをされる。舌をねじ込まれて、中を、ぐちゅり、と音が出るほど舌で掻き回されて。風奈は思わず、ソファのふちをつかんだ。そうしないと、どこかに落ちてしまいそうに感じたから。

「んっ…んんっ…」

キスの合い間に、ひっきりなしに声がこぼれる。ソファを握る手にも、どんどん力がこもっていく。

朝のキスとは、まったくちがった。風奈をあおり、体の熱を上げさせる、愛撫《あいぶ》のようなキス。唇を離されたとき、つーっ、と唾液《だえき》が糸を引いた。腫《は》れているみたいな気がして、そっと唇を触ってみる。それだけで、びくり、と体が震えそうになった。どうやら、敏感になっているらしい。

白柳は首筋に唇をずらすと、そこを吸い上げた。朝といい、いまといい、よっぽど首が好きなようだ。噛みつかれるかと身構えたけど、白柳は舌で首を何度かなぞるだけだった。そのまま、唇は下にずれていく。

乳首をそっと食《は》まれた最初は、なんの感覚も覚えなかった。女じゃないんだから、そんなところが感じるわけがない、と思った瞬間、電流が走ったかのような衝撃を覚える。

「あっ…んっ…やぁっ…」

胸元に目を落とすと、にやりと笑っている白柳と目が合った。

「乳首は開発するまであんまり感じないやつもいるし、まったく気持ちよくないのもいるし、最初から感じまくるやつもいる。風奈は、開発したらいいタイプだな」

「なんで…そんなことがっ…んっ…あぁっ…」

白柳が風奈の乳首を、きゅう、と力を入れて噛む。痛いはずなのに、さっきとおなじ電撃が体中を駆け抜けた。

「やさしく吸ったときは反応がなくて、噛んだら、そうやってかわいい声を出すからだ。感

じるやつは、ほんのちょっと触れただけでもあえぐし、まったくダメなやつは噛んだところで痛がるだけだ」

つまり、噛まれたときに風奈が感じたのは、電流じゃなくて快感だということか。

ちがう、と否定したいけれど。体はそれを肯定してしまっている。キスされたときからかすかに勃っていた風奈自身が完全に硬くなったからだ。

「明日から、乳首を開発してやる。だが、今日はそんな余裕はない。乳首が感じるなら、ちょっとは楽かもな、と思ったんだが、まあ、それは今後、ということで。入れるぞ」

もう十分たったんだ。

風奈が思ったのは、それだけ。いやだ、とか、逃げたい、とか、そういう感情はとっくになくなっていた。

だって、されるのだ。だったら、痛くないほうがいいに決まっている。

「あ、催淫効果は、出るやつもいれば出ないやつもいる。もし、風奈に効かなければ」

「痛い」

風奈はどうでもよさそうに言った。白柳はうなずく。

「そう、痛い。だが、痛がっても、俺は気にしない」

「わかってる」

そこでひるむようなら、こんな強引なことをするわけがない。

「とりあえず、アドバイスとしては、体の力を抜け。初めてだからむずかしいだろうが、息を止めずに普通に呼吸しつづければ、どうにかなるかもしれん。じゃあ、いくぞ」

白柳はズボンのファスナーを下げると、まだ完全には勃ち上がっていない自身を引っ張り出した。どうやら、洋服を脱ぐつもりはないらしい。

そのまま何度かこすると、白柳は風奈の足の間に入って、入り口にそれを押し当てる。

「あっ……」

触れたそれは、熱かった。風奈の腰が、引けそうになる。

「いいか、息を吸って吐く。それを繰り返せ」

風奈は、こくん、とうなずいた。痛みを少しでも逃せるのならば、がんばる。

「息を吸って」

風奈は大きく息を吸った。

「ゆっくり吐け」

少しずつ、空気を吐き出す。その途中で、白柳が中に、ぐいっ、と入ってきた。

「痛っ……！」

想像していたよりはかなりましだけれど、それでも、やっぱり痛い。受け入れる場所じゃないのに、ぐいぐい、とこじ開けられているからだろうか。

「そうか、痛いか」

まったく申し訳なくなさそうな口調に、なんとなく風奈は笑ってしまった。それで力が抜けたのか、ずるり、と、もっと奥まで入ってくる。

「痛いっ！」

「我慢しろ」

そっけない言い方。無表情。

どうしてだろう。おかしくてたまらない。

「なあ、セックスってこんなもの？」

「どういうのを想像していたのか知らんが」

風奈の中に入って、とりあえずは気がすんだのか、部屋に戻ってきたときのような怖い雰囲気は少し薄れていた。

「こんなものだ」

「そうなのか」

もっとこう、激しい何かがあるのかと思っていた。みんなが、セックスしたい、と思うからには、とても魅力的な何かが含まれているのだろう、と。

だけど、風奈にとっては、ただ痛いだけで。それも、劇的な痛みとかじゃなくて。踏みにじられた、とかいう大げさな感情ももたなくて。

ただ、白柳のものが中に入っている感覚がある。

それだけのこと。

「おまえは…」

「おまえ?」

じろり、とにらまれた。どうやら、完全に機嫌が直っているというわけでもないらしい。

「櫻聖さんは」

風奈がすぐに言い直すと、白柳は、ふん、と鼻を鳴らす。どうやら、怒りをかうことは避けられたようだ。

「気持ちいいわけ?」

「もちろん。じゃなきゃ、やるわけがない。が、まあ、こんなもの、だ」

「そっか」

気持ちよくても、そうじゃなくても、こんなもの、なのか。もちろん、男になんか抱かれたくないし、秘書という名目で欲望を解消するための道具になんかなりたくはないけれど。こんなもの、だとわかっていたら、別に逃げようとしなかった。ちょっとだけ我慢していればすむことだ。

このくらいの痛みなら、すぐに忘れてしまえる。

「理解したなら、動くぞ」

白柳の言葉に、風奈はうなずいた。動いて、白柳がイッてしまえば、今日の風奈の仕事は終わりだ。

ここに至るまで、いろいろ考えすぎて、大変だったけど。いざ終わりに近づくとなると、楽だったように感じるから不思議だ。

おいしい弁当も食べられたし、昼寝もできたし。あ、明日からは、何も考えずにテレビを見ていよう。

風奈は、どうぞ、というように、体から力を抜いた。そうしたら、たしかに痛みはちょっとだけ軽減する。

白柳のものが、ゆっくりと奥まで入ってきた。その間中、ずっと内部は痛んだけれど。心は平穏だった。

だって、こんなもの、だし。

白柳が動き始めたら、痛みが強くなる。でも、そんなの当然。こすられたら、痛いに決まってる。

もうすぐ終わる。だから、それまでの我慢だ。

「よし、中もほぐれたようだし、本気出すか」

白柳が風奈の両足を抱えたとき、ほんの少し不安になった。

本気って、どこまでの本気なんだろう。いまでも十分、痛いんだけど。

両足をそろえられて、膝《ひざ》を曲げるようにして腰を上げさせられて、白柳のものがさっきより奥まで入ってくる。白柳は風奈を見て、にやりと笑った。

「まあ、俺の、こんなもの、は、かなり大変だと思うけどな」

そう言って激しく動き出した白柳に、風奈は叫んだ。

「うそつきーっ！」

痛い、痛い、痛い、痛いーっ！　どこが、こんなもの、だーっ！

「うそはついてない。セックスなんて、みんな、心のどこかで、こんなもの、って思ってるんだ」

「あっ…痛っ…あっ…あぁっ…」

ぐちゅ、ぐちゅ、と音がするのは、ローションを塗ったから。それがなかったら、と考えると、ぞっとする。

いまですら、十分痛いのに。とんでもないことになってしまう。

「ああ、あと、俺、遅いんだよな、イクの」

白柳が目を細めた。

「だから、じっくり、こんなもの、を楽しめ」

楽しめるかーっ！

白柳が、今度はゆっくりと抜き差しを始める。そうされると、白柳の大きさをはっきりと感じた。

こんなもの入れられて、痛くないわけがないだろーっ！

「んっ…もっ…やぁっ…」

浅いところで掻き回されたり、奥を突かれたり。中に意識が集中して、風奈の痛みがどんどん増していく。

白柳のものが抜けたときは、心の底からほっとした。

「イッてないのに…いいのか…？」

安堵を表情に出さないように気をつけながら、風奈は聞く。白柳が意地悪しようと考えたら、困るからだ。

本音は、イッてようが、イッてなかろうが、そんなのどうでもいい。この痛みから解放されるなら、それでいい。

なのに。

「いいわけないだろ。おなじ体勢だと俺の場合、かなり時間がかかるから。さすがに初めてだと負担も大きいだろうし、なるべく早くイク努力をしてやろうと思って。うつぶせになれ」

「えーっと、それは、いったいどういう…」

「うるさい。ごちゃごちゃ言うな。うつぶせになって、腰を高く上げろ」

風奈はまじまじと白柳を見て、それが冗談だと確信したかったけど。

…どうやら本気らしい。

つまり、まだ全然終わってなくて、これからも痛みはつづいて、その上、とんでもない格好をさせられる、そういうことだ。

本当に最悪。

それでも、さっさと終わらせたい気持ちが勝った。風奈はなるべく何も考えないようにして、うつぶせになる。腰は上げられなかった。白柳が焦《じ》れたように風奈の双丘を撫でる。

「やっ…」

「ほら、膝をつけて、腰を高く上げろ。じゃないと、入れられないだろ」

風奈はひとつ深呼吸をして、ゆっくりと足を動かした。

考えない。自分がどんな姿をしているのかなんて、想像しない。

腰をそろりと上げた瞬間、そこをつかまれて、また貫かれる。風奈は悲鳴のような声を上げた。

「あぁぁっ…あっ…」

「さっきよりもすべりがよくなった。痛みは消えたんじゃないのか？」

「痛いに…決まって…あっ…やぁっ…」

白柳が腰を打ちつけるように動かすたびに、内壁が抗議するように、きゅう、と縮まる。

白柳はそれを喜んだ。

「やっぱり、バージンはいいな。ちょっとめんどうだが、締まりがいい」

うるせえ、バカ！　男が締まりがよくて、なんの得があるんだ！

普通にしゃべれるなら、そう怒鳴ってやりたい。こうやって、顔を合わせない体勢なら、そんなに怖さも感じないし。

ぐっ、ぐっ、と中に押し込められるたびに、風奈は痛みに悲鳴を上げた。

「あっ…あっ…あっ…」

揺さぶられると同時に声を漏らしながら、風奈が願っていたのは、ただひとつ。

さっさとイケ、このバカーッ！

だけど、それが叶《かな》うことはなかった。

本人の申告どおり、まるで永遠みたいに長い間、中をえぐられつづけた。


「ああ、そうだ、そうだ。トイレの隣にシャワールームがあるから」

「…知ってる」

ガウン姿のまま、会社のトイレに行くわけにはいかない、と部屋の中を探していたら、トイレとシャワールームのドアを見つけた。すっきり見せたいのか、じっくり見ないとドアだとわからないような造りになっている。

トイレはとても広くてきれいで、シャワールームも快適そうだった。シャワールームは白柳がざっと汗を流すために使うのだろう、と思っていたけれど。だったら、秘書室になくてもいい。

セックスをすると、いろんな体液が体につくことを知った。ティッシュがわりにガウンでざっと拭かれたけど、さすがにそれだけじゃ気持ちが悪い。

そのためのシャワールームなのだ。

「ああ、ガウンはクローゼットの中にあるランドリーボックスに入れといてくれ。そうしたら、清掃の人が持ってってくれる」

精液がついたガウンを他人に洗ってもらって恥ずかしくないんだろうか、と、ちらり、と頭をよぎったが、そんなことを思うぐらいなら、こんな秘書なんてつけていない。明日、おなじものを着るのはいやなので、言うとおりにしよう。

「じゃあ、俺は先に帰る」

欲望を放出したせいか、白柳の顔はすっきりしていた。あの怖い雰囲気も消えている。朝とおなじ感じだ。

「そのしわしわのスーツで？」

「ああ、それは着替える。自分でクリーニングに出すのめんどくさいから、ここでランドリーに出すんだ」

白柳はウィンクした。

うん、やっぱり、最初に会ったときに戻っている。

なるほど、白柳には秘書が必要なのかもしれない。怖い雰囲気のままで帰ってもいいんだろうけれど。そうしたら、社員は白柳のことを恐れて、会議で白柳を疲労困憊させるほど自由な発言ができなくなる可能性もある。それを防ぐため、白柳はここに戻ってきて、セックスをするのだ。

いわゆるガス抜きというやつ。

「で?」

白柳が風奈を見て、そんなふうに聞いてきた。

「は?」

で? だけで、質問したいことがわかると思うな。言っとくけど、俺はかなり鈍いんだ。なめんな。

「で、どうする? 明日からも来るか?」

「え、それは、俺をクビにしてくれる、ってこと⁉」

風奈の声が弾む。ちょっと味見をしてみたら、思ったよりもおいしくなかったのかもしれない。風奈の体に魅力がなくて、解放してくれるんだったら、こんなにありがたいことはない。

「いや」

　そんな期待は、白柳の答えとともに、しゅるしゅる、とすぐにしぼんだ。世の中、そんなにうまくいくわけがないか。

「一回やってみて、いやなら来なくてもいい、ってことだ」

「来なかったら、どうなんの？」

「バージンだったのと、逃げずにいた、ってことに免じて、あと一か月分の発注は確保しておいてやる。あの会社に戻るなら、社長にちゃんと忠告しとけ」

「つまり、来月分までは発注をくれる、ってこと？」

「そうだ」

「給料は？」

「出すか、ボケ」

　白柳は顔をしかめた。

「俺がクビにしたならまだしも、勝手に辞めたやつに、なんで金を払わなければならん。冗談じゃない」

　ってことは、明日から来なければ、給料はもらえないけれど、もとの会社に戻れる。ただし、二か月以内に新規で白柳産業とおなじだけの発注をしてくれるところを探さないと、会社そのものがなくなる。

明日からも来るとなると、あの痛みを毎日味わうことになって、風奈が大変な目にあう。

うわー、どっちもどっちだ。

いや、待てよ。

「おまえが」

「おまえ？」

やっぱり、さっきほどの迫力はどこにもない。毒気が抜けたのだろう。だけど、しょうがなく、風奈は言い換えた。

「櫻聖さんが俺をクビにしたら、ずっと発注をくれるんだよな？」

「うちが傾かないかぎりな」

白柳がくすりと笑う。

「ま、そんなこと、絶対にないだろうが」

この自信満々なところは、ちょっとだけうらやましい。

「あと給料ももらえる」

「そういうことだ」

「わかった」

家に帰って、一晩じっくり考えてみよう。社長に相談するのも、ひとつの手かもしれない。

「ま、どっちでも好きにしろ」

あくまで選択の自由は風奈にある。それは、ずっと変わらないらしい。

ある意味フェアだけど、ものすごく腹立たしい。だって、それは、風奈が望んだことにな
ってしまうから。

脅されているのに。その条件がなければ、いますぐにでも社長のところに戻るのに。

風奈の自由意思だと思わせるなんて、ものすごくずるい。

「好きにする」

だけど、精一杯の虚勢を張って、そう答えた。

白柳の思いどおりになりたくなくて。

選択肢なんてないことを、知っていながら。

どうやら、思っていた以上に疲れていたらしい。風奈は家にたどり着くなり、どっと布団
に倒れ込んだ。いつもならきちんと押し入れに上げていく布団を敷きっぱなしにしておいた
のも、そんな予感があったからかもしれない。
「あー、もう、だめだ」
疲れた、とか、動けない、とか、そういうわけじゃないけれど。そんな言葉が、口から、
ぽろり、とこぼれる。

「俺、思ってたよりダメージ受けてんのか？」

白柳に抱かれた直後は、たかがセックスだ、と思ったし、いまでもそれは変わらない。後生大事にファーストキスを取っておいたわけじゃなくて、彼女がいなかっただけだ。そのうち、だれかと恋をしたときに、セックスの経験のあるほうが何かとスムーズに進むだろう。

…抱かれる立場だったことは、まあ、おいといて。

「楽な仕事だってことは、たしかなんだけどな」

一日一回、白柳に抱かれるだけ。あとは、何をしててもいい。そんなおいしい仕事、いままでの人がクビになるまでやりつづけるのは当たり前だ。

でも。

「俺にもプライドっつーもんがあんだよ」

風奈はつぶやく。

「それにさ、社長のところに戻るんなら、なるべく早くがいい。腕が鈍ると困るし」

そうじゃなくても、もともと器用じゃないのだ。三年間、がんばって覚えたいろいろを忘れたくない。

「本当に辞めてやろっかな」

白柳は気にしない。風奈がいなくなれば、新しいだれかを探すはず。だとしたら、自分が本当にやりたいことをできる場所に戻るべきなんじゃないだろうか。

「でもなあ」

そうしたら、二か月後に仕事が激減する。そのあと、どれだけ会社はもつだろう。風奈は携帯を手に取った。社長の携帯番号は消してない。この時間なら、仕事は終わって、ごはんを食べているころだろうか。もうちょっとたってからがいいかもしれない。

携帯を手放そうとしたところで、着信音が鳴った。びっくりして画面を見ると、社長の文字。

「もしもし！」

風奈は勢い込んで出た。話したいと思っていたときに相手から電話がかかってくるなんて、まるで何かの奇跡みたいだ。もしかしたら、神様かだれかが、風奈の後押しをしてくれているのかもしれない。

『おー、戸口。いま、家か？』

「はい、そうです」

会わなかったのは一日だけなのに。それでも、もうなつかしい。本当に、この仕事が好きなんだなあ、と実感する。

『そうか。いま、ちょっと話せるか？』

「大丈夫です！」

おまえがいないとやっぱり回らなくてさ。戻ってきてくれないか？

そんなことを言われたら、明日は会社に戻るだろう。

『本当なら、会って話したいところだが。おまえも慣れない仕事をして疲れてるだろうから、電話ですまない』

「いえいえ、平気です」

…なんか、雲行きが怪しい。風奈が望んだ展開にはならないみたいだ。

『戸口のおかげだ。ありがとう』

唐突にそんなことを言われて、風奈は戸惑った。いったい、なんのお礼だろう。

『実は、うち、結構、苦しくてな。このままだと、二、三人、辞めてもらわなくちゃならないところだったんだ。ずっと家族みたいにして過ごしてきたから、それが本当に心苦しくて。だけど、全員共倒れのほうが、もっと申し訳ないから』

「え、でも、社長。うちの仕事量だと、あの人数がいないとダメですよね？」

『そこは、残業をしてもらったり、俺が休日にフォローする。残業代のほうが、給料よりは安くてすむしな』

まさか、こんな赤裸々な話を聞かされるとは思わなかった。

『だけど、戸口が白柳産業に行ってくれたおかげで、発注が増えたんだ。もしかして、頼んでくれたのか？』

「いえ、それは白柳社長がみずから」

『そうか。じゃあ、俺が感謝していたと、よく礼を言っておいてくれ』

「え、社長が言えばいいんじゃないですか?」

風奈が言うと、電話の向こうから笑い声が響く。

『戸口は相変わらず世間知らずだな。白柳社長に直接電話なんて、できるわけがない。長いことあそこの仕事を請けてきて、こないだの戸口の件で初めて会ったぐらいなんだ。下請けと親会社っていうのは、そんなものなんだよ』

「そうなんですか」

まあ、たしかに、朝と夕方しか秘書室に戻ってこない白柳の忙しさを考えると、携帯番号でも知っていないかぎり、話すのはむずかしそうだ。

『戸口が辞めた穴は埋めないつもりだったんだが。おかげで仕事が増えて、収入もどーんと増えたから、補充できる。ありがとう。全部、戸口のおかげだ』

「いえ、そんなことないです」

風奈は、見えないと知っていつつも、ぶんぶん、と首を横に振った。そして、社長の言葉に、はっと気づく。

「あの！　俺、三か月以内にクビになるらしいんです！」

『…初日から何をしたんだ、戸口』

社長が不安そうな声を出した。風奈は、慌てて否定する。

「いえ、失敗してないんですけど！　なんか、特殊な部署で」

まさか、白柳に抱かれるための秘書で、飽きたらクビになる、とか本当のことを言えるわけがない。

「三か月ごとに人を替えるらしくて」

『え、ということは、おまえ…』

社長の言いたいことは、痛いほどわかる。そして、それを言いよどんだわけも、十分に。

「あ、発注の件は大丈夫です。白柳社長が、これからもずっとやる、と約束してくれましたから」

条件は、とんでもないけれど。

これから毎日、白柳とセックスしなきゃいけないけれど。

社長のほっとしたため息が聞こえてきた。ごほん、とせきばらいでごまかしても、そのぐらいは聞き取れる。

やましいのだ。風奈を差し出したあげく、発注も増えて、会社が安泰になって。風奈のことなんてどうでもいいかのように喜んでしまった自分が、やましくてしょうがないのだ。

そこにつけこもうとする自分を、風奈はとても苦々しく思う。

だけど、風奈だって犠牲を払っている。白柳からクビだと言い渡されたあとで、もとの職場に帰れる保証ぐらいもらってもいいはずだ。

「それでですね。三か月たったら、俺は自由になるんです。だから、その採用、待ってもらえませんか?」

『三か月は長いんだよなあ…』

社長が独り言のようにつぶやいた。

「俺、リストラされる中に入ってました?」

『いや、それはない。戸口のような若手がいなくなると、どっちみち先細りだ。ベテランばかりだと、その業界はつぶれる。伝統芸能とか、そうだろう?』

まあ、たしかに一理ある。風奈がいなくなったからこそ、言えることかもしれないが。

「だったら、俺をまた雇ってください。万が一、何かの手違いで白柳産業からの仕事が来なくなったときに、俺なら白柳社長に抗議できます。約束がちがう、って」

『たしかに、そうだな』

社長は迷っているようだ。もしかしたら、すでに募集をかけているのかもしれない。

「最長で三か月ですから、もっと早く戻れるかもしれませんし」

望まれてないわけでもないんだろうけれど。明らかにしぶっている社長に、こんなふうに食い下がるなんて、昨日までの風奈にはなかったことだ。

白柳と話しているうちに、少しは頭の回転が速くなったんだろうか。

いや、それはないな。だって、白柳の先回りなんて全然できなかったし。

「その間、どうしても人手が足りないなら、俺、残業しに寄りますから」

それができれば、腕が鈍らなくていいいし、新人が入ってくることは防げるし、で一石二鳥だ。

『いや、それはさすがにさせられない。戸口には、ただでさえ、いろいろ世話になったんだ。よし、わかった。三か月待つ』

「ホントですか⁉」

風奈の声が自然と弾む。

ああ、本当に俺は、この仕事が好きなんだなあ。

『ただし、三か月たっても辞められなかった場合は、本当に申し訳ないが、新しいのを雇わせてもらう』

「了解です！」

三か月も秘書をやっているわけがないから、なんの心配もない。

「ありがとうございました！」

『いや、こっちこそ』

社長が神妙な声になった。

『まだ若い戸口に、おんぶにだっこですまない。心から感謝している。それを伝えたくてな』

「いえ、いいんです」

ひどい目にはあったけど。会社を救えた。帰る場所も確保できた。

あとは、一日も早く白柳が飽きてくれるように祈るだけだ。

「俺も、社長の声が聞けて嬉しかったですよ」

『そうか』

社長の声が、やわらかくなった。そこでようやく、社長が緊張していたんだ、と気づく。

うん、やっぱり、自分は鈍い。

『じゃあ、三か月後を楽しみにしてるからな。元気で戻ってこいよ』

「はい！　あの、休日に仕事をするんなら、俺、手伝いに行きたいんですけど」

『いや、白柳産業にいる間は、そっちに専念してくれ。そうじゃないと、申し訳がたたない』

「そうですか」

白柳相手に、申し訳、とか考えなくていいんだけどな。

そう思ったけど、心のうちにしまっておいた。きちんと説明できないからもあるし、もっとも大きな取引先の悪口を聞かされても困るだろう。

「わかりました。じゃあ、またお世話になるときまでおとなしくしてます」

腕が鈍るのは、もうしょうがない。また製造の仕事ができるのだと、それを喜んでおこう。

『そうしてくれ。体調管理をしっかりしろよ。うちに戻ってきたら、こきつかうからな』

「はい！」

風奈は元気に返事をする。そのあと、しばらく話をして、電話を切った。風奈は携帯を置いて、ふう、とため息をつく。

「これで、絶対に辞められなくなったなあ」

井上工業に戻れるのは嬉しい。

だけど、白柳に逆らえないのは悔しい。

まったくもって、腹立たしい。

「まあ、しょうがないか」

一回、すでにセックスをした。だったら、何回やってもおなじこと。それで、高い給料がもらえて、自由時間ばかりで、三か月遊んでいるようなものなら、まあ悪くない。

白柳の存在以外は、完璧だ。

「…寝よ」

風奈は布団に丸まって、目を閉じた。

いまはもうこれ以上、何も考えたくなかった。

「おはようございます！」

白柳が秘書室に入ってくるなり、風奈はソファから立ち上がって、元気よく声をかけた。

携帯で何かを確認していたらしい白柳は、驚いて顔を上げる。

「朝からうるさい」

顔をしかめられて、風奈はにっこりと笑い返した。

「あいさつは基本ですから」

「あと、そのしゃべり方もうざい。もとに戻せ」

「秘書ですので」

つん、とすまして言うと、白柳が近づいてくる。

「おまえは秘書じゃない。俺つきの秘書だ」

「ほら、秘書じゃないですか」

「だー、本気でうぜえ」

白柳がわめいた。

「そのわけのわからんしゃべりをやめろ！」

「条件がございます」

「おまえのもといた会社のことなら、これ以上、何もしないからな」

白柳は、ふん、と鼻を鳴らす。

「いまでも十分だし、ちょっと条件をよくしすぎたんじゃないか、と後悔もしてる。だから、それ関係なら、いつまでもそうやってしゃべってろ」

「ちがいます」

井上工業に関しては、これ以上、頼むことはない。社長が、大丈夫、と言ったからには、大丈夫なのだ。そこは信頼している。

「わたくし、ゲームが好きでして。ゲーム機を置いていただけないかと。ええ、はい」

三か月あれば、いままでためにためたゲームが全部できる。ハードを持ってなくてできなかったやつも、もしかしたらそろえてもらえるかもしれない。

ダメでもともとだ。

本当は普通に頼むつもりだったけれど、白柳が風奈のしゃべり方をいやがってるとわかってからは路線変更した。

これなら、うまくいくかもしれない。

「なんだ、そんなことか。好きにしろ」

「…へ？」

あまりのあっさりさに、風奈は目をしばたたかせる。

「いいのか？　ゲームだぞ、ゲーム」

完全に遊んでるじゃないか。

「俺の秘書は、ものすっごく暇だ」

なんだ、わかってるのか。

「そりゃもう、退屈すぎていやになる、ってぐらい暇なんだよ。だから、好きなものを買え。秘書課に頼めば、今日中に用意してくれる」

「あー…」

風奈はうめいた。秘書課かあ。あの人たちに頼むのはなあ。お昼に弁当を持ってきたときに言えばいいのかもしれないが、明らかに風奈をバカにした雰囲気に、声をかける気にもなれない。

「まあ、いやだろうな、秘書課に頼むのは。衝突はいつものことだ。秘書課は、俺の秘書の存在が気に食わない。俺の秘書は、秘書課のバカにし切った態度がむかつく」

「わかってるなら、なんとかすればいいんじゃねえの?」

「なんとかなると思うか? 解決策を出してくれたら、いますぐ実行するぞ」

「…ないなあ」

秘書課が、二百万の給料をもらう、仕事をまったくしない存在を許すとは思えない。何があっても、無理だ。

「だったら、あきらめろ。ゲーム機って、いくらぐらいするんだ?」

「ぴんきり」

最新のになればなるほど、当然、高額になっていく。

「櫻聖さん、ゲームやらねえの?」

「ああ。うちはゲーム関係に手出してないし。当たるとでかいけど、俺が興味ない分野だから、無理そうだしな。だから、まったく知らん。ツテもないから、すぐに持ってきてもらうこともできない。欲しいなら、自分で買ってこい」

「お金がない!」

風奈はきっぱりはっきり宣言した。

「そこまで堂々と言われると気持ちいいな」

白柳は笑う。

「まあ、でも、風奈ほど若かったら、だいたいは金なんて持ってないもんだ。いくらあれば足りる?」

「ハードから買うなら五万もあれば」

携帯ゲーム機じゃなくて、この大画面テレビでできるようなのがいい。すごい迫力になることだろう。ソフトも二、三本は買える。

「そうか。じゃあ、買ってこい」

白柳は財布を取り出すと、数えもせずにお札を抜いた。それを、風奈に手渡す。

「え、え、ええええええーっ!」

「おまえは、いちいち大げさだ」

白柳が苦笑した。

「領収書とか、別にいらん。落ちないからな、秘書関連のものは。好きなだけ買ってこいいい、いまから!?　いまから、行ってきていいのか!?」

「そうだな。今日はそんなに大変な会議はないし、朝から気合いを入れる必要はなさそうだ。好きに行動していいぞ。なんなら、昼メシも外で食ってこい」

「いいです、いい、いい、いらない、そんなの」

風奈は、ぶんぶんぶんぶん、と激しく首を左右に振りながら、自分でもよくわからない断り文句を口にした。白柳が声を立てて笑う。

「なんか、おもしろいな、風奈は」

「そそそ、そうですか、それは光栄です」

ゲームを買ってもらえるとなったら、とたんに卑屈な態度をとってしまう自分がいやになる。さっきまで、普通にしゃべってたじゃないか!

「配送してもらってもいいが、ここの住所知ってるか?」

「持って帰るから大丈夫!」

片手にひとつ、片手にもうひとつ、でふたつは持てる。ソフトは本体に一緒に入れてもらえばいいし。ゲーム機は何にしようかな。あ、考え出したらうきうきしてきた。

「櫻聖さん、ありがとう！」

「おまえは、ホントに現金だな。まあ、わかりやすくていいんだが」

「心から感謝してる。本当だから」

「ゲームを買ってやると、風奈は素直になるのか。使えるな」

にやりと笑う白柳に、ははは、と愛想笑いを返してから、はっと気づいた。

使える、って何が？

…まあ、深く追及しないでおこう。

「じゃあ、俺、出かけてきていい？」

「帰ったら、服を脱いで、ガウンになるなら」

「…わかった」

それは、朝、ここに入ったときから覚悟を決めていた。

クビになるまでは、きちんと秘書の役目を果たす。

だから、ガウンだってなんだって羽織ってやる。

「素直な風奈も、なかなかいいな。俺は会議前にちょっと電話をかけてこよう」

白柳は秘書室を突っ切って、社長室だと思われるドアを開けた。

「え、そこ鍵とかかかってないのか!?」

「重要なものとか置いてないし。鍵は秘書室にかかってるからな」

「でも、だって、歴代の秘書の人が何か盗んだらどうすんだよ!」

「取り返すだけだ」

白柳は肩をすくめる。

「それも、十倍ぐらいにしてな」

冗談だろう、と思うのに。本人もそのつもりなんだろうに。

ぞわぞわ、と背筋に寒気が走った。

白柳ならやりかねない。

昨日の経験から、そう思う。もしかしたら、本当に実行したこともあるのかもしれない。

…何があっても、社長室から何も盗むまい。

「中、見るか?」

「いい、いい! 俺、十倍返し、されたくないし」

「しねえっての。それ以前に、だれも盗まねえよ」

それは、白柳の怖さをみんな知ってるからじゃないのだろうか。

「まあ、そんなことはいいから、さっさと行ってこい。ゲームやりたいんだろ」

「あ、うん」

一応、もらったお金は数えておこう。一万円札が、一、二、三…。

「二十万⁉」

「足りないか?」

「逆、逆!」

これだから、金持ちの家に生まれて、そのまま仕事でも成功したやつはいやなんだ。

「半分でいい!」

それでもあまるだろうけど。足りないよりはましだ。

「はい、これ返す。あと、一応、レシートも持ってくるから。十倍返しすんなよ」

「だから、冗談だって言ってんのに」

白柳は肩をすくめた。

「けど、ま、風奈はいい子だな」

「なんだよ、それ。子供あつかいすんな」

顔をしかめてみせたけど。

ちょっとだけ、どきっ、としたことは絶対に内緒だ。

ほめられて嬉しいなんて、何があっても言ってやらない。

「だって、正真正銘、子供だろ」

「成人してんだよ! 子供じゃねえ!」

「風奈の親からしたら、いつまでたっても子供だよ」

しみじみと言う白柳に、風奈は、ん? と首をかしげる。突然、どうした。

「俺だって、いまだに子供あつかいなんだからな。まったくもって、あのクソ親父めーっ!」

どうやら、家でいやなことがあったらしい。関わらないうちに、とっとと出よう。

「あの、それじゃ、俺、ゲーム買ってくるんで」

「おい、待て! 俺のグチを聞くのも秘書の役目だ。そこ座れ」

「…あ、はあ、わかりました」

それも仕事の一環だというのなら、しょうがない。

そのあと、ずっと風奈は、白柳の父親についてのグチを聞かされつづけた。半分以上は聞き流していたので、内容はよくわからない。

ただ、白柳も苦労してるんだ、ということだけは理解できた。

会議が始まるまでつづいたグチに辟易《へきえき》しながらも。

そうか、白柳だって人並みの悩みがあるんだ。

そのことに、ちょっとだけ安心もしていた。

4

「やっ…んっ…あぁぁっ…」

乳首を舐められて、風奈はぎゅうと白柳の頭を抱えた。白柳は風奈に見せつけるように、ちろちろ、と舌を動かす。

「だめっ…あっ…いやぁ…」

秘書になってから一か月がたち、乳首はすっかり開発されてしまった。朝、まだ余裕があるときとか、夜、そんなに疲れてないときに、白柳にじっくりいじられて、撫でられて、舐められて。最初は、ほんのちょっとした違和感だったものが、だんだん快感に変わり。いまでは、いじられるとすぐに、ぷっくり、ととがって、白柳の愛撫を喜ぶ。

「いやじゃないだろ。ここをこんなにさせて」

白柳が言うなり、風奈自身をぎゅっとつかんだ。少しの痛みと同時に、快感が襲ってくる。

「やぁっ…」

キスをされただけで、乳首に触れられただけで、風奈自身はすぐに勃ち上がってしまう。感じてない、と言い訳することなんてできない。

それが悔しい。

乳首を舌で押されて、風奈は甘くあえぐ。風奈自身をこすられて、くちゅくちゅ、という音が漏れた。

「あっ…やっ…」

白柳の手は風奈自身から離れて、もっと奥に潜り込む。足を閉じたいのに、できない。いつもは、きゅっ、と閉じている蕾《つぼみ》に触れられて、風奈の体が、びくびくっ、と跳ねた。

ずっと、最初の痛みがつづくと思っていたのに。

いまはもう、その感覚を思い出せない。

人間は慣れる生き物なのだと、だれかが言っていた。その環境に適応していくものだ、と。

だったら、そんな能力いらない。いつまでも、痛いままがよかった。

それなら、無理やりやられている、と白柳を恨むことができたのに。

いや、いまだって恨んではいる。こんな体にしたのは白柳なんだし、名簿で名前が目に止まらなければ、一生、縁がなく暮らせた。

男に抱かれることも。それで快感を得ることも。

何も知らなくてすんだのに。

だけど、いま、入り口を押さえている白柳の指に感じてしまっている。

つぷん、と音を立てて、白柳の指が中に入ってきた。催淫剤の効果は、やっぱりないけれど。濡らすにはローションが一番てっとり早い。舌で舐められたり、唾液でじっくりほぐされたりは、時間がかかる。

いまみたいに、朝の会議に間に合うように、というときには、ローションだ。ひやり、とした感触が中に広がり、すぐに指がスムーズに動くようになる。ぬる、ぬる、と抜き差しされて、風奈はぎゅっとソファの縁をつかんだ。初めてのときに、ずっとそこを握っていたせいか、つかまっていると落ち着くのだ。

指を奥まで入れて、ぐるり、とそこで回すと、白柳は指を引き抜く。即座に白柳が当てられた。

「いくぞ」

風奈は、こくん、とうなずくと力を抜く。白柳がゆっくり入ってくると、合わせるように腰を動かした。

そういうことも、できるようになった。

「んっ…やぁっ…」

入れられた瞬間は、ほんの少しだけ圧迫感を覚える。だけど、それはすぐに快感にすり変わってしまう。

「気持ちいっ…あっ…あぁっ…」

白柳の望むように。白柳を早くイカせるように。

風奈はそのための言葉をつむぐ。

遅い、と言っていた白柳の言葉は本当で。かなり動かさないと、白柳はイカない。だから、途中で萎《な》えさせるようなことがあってはダメなのだ。

風奈の中に入っている時間が長くなるだけだから。

動け、と言われれば動くし、気持ちいいと言え、と命令されれば、そうする。じゃないと、放出までに三十分近くかかってしまうこともある。

長ければ女が喜ぶなんて、あれはうそだな。

いつか、白柳が、ぽつん、と言っていた。

本当は、早くイケばいいのに、と思ってる。よく考えたら、長時間こすられりゃ、いやになるよな。

そのときは、まだ痛いだけで。長時間だろうと短時間だろうと、そんなのどうでもいいから さっさと終われ、と思っていたけれど。

たしかに、長い時間、中をこすられていると、最初は快感だったものも、そのうちなんだかわからなくなってくる。女の子とちがってみずから濡れるわけじゃないからローションの効果もなくなって、塗り直しているうちに白柳の硬度がちょっと落ちて、また復活して、の繰り返しになったときは、本気で白柳を蹴倒して逃げてやろうかと思った。

ローションが渇く前にイカせればいいのだ、と理解したのは、少し余裕が出てきたころ。どんなに恥ずかしい言葉でも、恥ずかしい体勢でも、長引くよりはましだ。

ぐちゅん、ぐちゅん、と音を立てて、激しく出入りしている白柳に合わせて、声を上げながら。

長くても、あと二か月。

そう心の中で思う。

社長とはあれから連絡を取ってないけれど、風奈を待ってくれていると信じてる。

「もっと、あえげ」

白柳に言われて、風奈は声を抑えるのをやめた。

「ああっ…いいっ…気持ちいいっ…」

「女は演技できるけど、男はすぐにわかるから、そこが気に入ってる」

白柳は風奈をつかみながら、そうつぶやく。たしかに、そこが萎えていたら、気持ちよくないということだ。

風奈のものは、ずっと上を向いたまま。

まだ入れられただけでイクことはできないけれど。最初のときのように萎えっぱなし、ということはなくなった。白柳がイクのに合わせて激しくこすられると、同時に放つこともできる。

それが、また悔しい。

どんどん、体を変えられていく。

風奈は、ぎゅう、とソファをつかんだ。

それだけが、自分の支えだから。

最初のときの恐怖や、痛みのかけらみたいなものがそこに残っている気がして。あのときの自分に戻れるような錯覚を覚えて。

気持ちよくなるたびに、つかむ力が強くなる。

早く、と風奈は願った。

早く飽きてくれればいい。

早く、この状況から解放されればいい。

「そろそろイクぞ」

ほっとした顔を見せないように。せっかくイキそうになっている白柳の機嫌を損ねないように。風奈は細心の注意を払いながら、声を上げつづける。

「あっ…んっ…やぁっ…俺もっ…イッちゃ…」

白柳にこすられて、風奈自身はいまにも放ちそうだ。

「イけ」

白柳は風奈を包む手の動きを速くした。中をえぐられて、乳首を、ちゅう、と吸われて。

「いやぁぁぁぁっ…！」

我慢できずに、風奈は欲望を解放する。びくん、びくん、と震えながら、内壁が白柳のも

のを締めつけた瞬間。

うっ、と小さくうめきながら、白柳が風奈の中に放った。温かいものが中に広がっていくこの感触は、何度されても慣れない。

白柳は、ふう、と息をついてから、やわらかくなったものを抜いた。

「さて、と」

ぐったりしている風奈に比べて、白柳は元気いっぱいだ。よく考えたら、この年齢で毎日セックスするって、ものすごいことなんじゃないだろうか。週末はどうしてるのか知らないけれど、会社に来ている週に五日だけだとしても、かなりのものだ。

「シャワー浴びて、さっぱりして、行くか！」

「…どうぞ」

終わったあと、風奈はしばらく動けない。スーツが皺になるのがいやだから、と朝はちゃんと裸になる白柳は、軽い足取りでシャワールームまで歩いていく。

俺のほうが若いのに、このちがいはなんなんだ。

シャワールームから口笛が聞こえてきた。元気すぎて、いやになる。

風奈はソファでごろごろしながら、テレビをつけた。ゲームをやりたいところだけれど、朝セックスされてしまうと、回復するのにお昼ぐらいまでかかってしまう。ダメージがあるとかじゃないけれど、しばらくぼーっとして、テレビを眺めて、ようやく起き上がる気力が出たら、ゆっくりシャワーを浴びて。ここで毎日、シャワーを浴びているので、今月のガス代と水道代が浮きそうなのが嬉しい。

そうしているうちに弁当が届く。今日はなんだろう、と、ドアを開けるたびにうきうきするような豪華さだ。秘書課の人の冷たい態度も、気にならなくなっていた。

昨日は寿司《すし》折りだった。その前はローストビーフのサンドイッチ。それに合わせて、お茶を入れたり、コーラを冷蔵庫から出したり、と飲み物を選ぶのも楽しい。

食べ終わったら、ゲーム開始。結局、ゲーム機二台と、ソフトをそれぞれ三本ずつ買って、合計は八万円未満。自分でそんなに高額なものを買ったことがないので、一万円札を八枚出したときには、ちょっとだけ手が震えた。いまは、その中の格闘ゲームをやっている。画面がきれいで、敵をどんどん倒していくのが楽しい。

「よーし、今日も仕事するか！」

頭を、わしゃわしゃ、とバスタオルで拭きながら、白柳がシャワールームから出てきた。体は適当にしか拭いてないので、いつも水滴が落ちている。注意しようかと思って、やめた。どうぜ、終業後に掃除が入るのだ。白柳の好きにさせておけばいい。

「なあなあ」

風奈はソファに寝転がったまま、白柳に話しかける。セックスのときに逆らったりすること以外は、白柳はまったく怒らない。普通なら、雇用主にこんな態度で声をかけるなんてありえないことだ。

だけど、風奈はもう、それに慣れてしまっていた。もとの職場に戻ったら、きちんとやっていける自信もある。だから、気にしない。

「なんだ?」

「なんで、毎日、会議ばっかやってんだ?」

それも、あんなにへろへろになるほど本気で。

「うちにはいくつもの開発部があって、そこから新製品の打診とか来るからに決まってんだろ」

「ふーん、そうなんだ」

「それを一か月目で聞くな。最初に聞いとけ」

「だって、別に興味なかったし」

たまたま、風奈が初めて来た日に大変な会議が入ったのだと思っていたけれど。週に三回以上は、疲労困憊といった感じで戻ってくる。それ以外の日も、朝ほど元気だったことはない。

だから、ちょっとだけ知りたくなった。いったい、白柳は何をしてるのだろうか、と。

「いまは興味があるってことか?」

にやりと笑われて。たしかにそのとおりだけど、なんとなく認めたくない。白柳の意地悪さが、風奈に素直な返事をさせない状況をつくり上げている。

まあ、わざとなんだろうけど。そういうところでも、意地悪だから。

「社長ってさ、ふんぞり返ってるイメージだったから。ほら、書類にハンコしか押してなかったりするじゃん、ドラマとかだと」

「おまえんとこの社長はそうなのか？」

聞かれて、風奈は即座に否定した。

「うちは、社長が率先してやってるよ！　社長が一番、腕がいいんだし」

「だったら、なんで、俺が書類にハンコだけ押すと思うんだ。俺が一番、仕事ができるのにもったいねえだろ。そんなの、どっかのだれかに任せときゃいいんだよ」

「え、任せていいもんなの⁉」

書類って、社長が最終確認しなくてもいいんだっけ？

「俺のところに上がってくるのは、もう何人もの手を回ってきてるわけだ。どっか見落としがあったりしたら、そこで突っ返されてるだろうし。それに、俺は書類仕事が好きじゃない。だから、会議に積極的に出席するし、熱く議論を戦わす。俺が納得いかないものを商品として販売するわけにはいかないからな」

うわ、なんだろう。ちょっとだけ、かっこいい、と思ってしまった。風奈は、ぶんぶん、と首を振る。

こんなの、一時的な気の迷いだ。たまにまともなことを言うから、相対的に評価が上がるだけで、普段の白柳は、セックスばかりしたがるケダモノでしかない。

だまされるな！

「で、書類は？」

「まあ、風奈の言うとおり、だれかに任せて、とんでもないことになったら困るから、しょうがなく土日に出てきてやってる。まあ、これが、たまってること、たまってること。自動ハンコ押しマシーンを開発させようと思ったぐらいだ。開発部に言ったら、鼻で笑われたがな」

「そりゃ、そうだよ」

その機械を欲しがるぐらいハンコを押さなければならない人の数なんて、ごく少数だ。そのために、開発費をかけていられない。風奈にだってわかる理屈だ。

「俺のためだけに作ってくれてもいいだろ。俺、社長なんだし」

「コストパフォーマンスがどうたら、って言ってた人の口から出た言葉とは思えないんだけど」

それで得するのが白柳一人だとしたら、だれだってやる気はなくなるだろう。

「あ、そうだ！　自分で作れば？」

小学生の夏休みの宿題の工作とかで、そういうのありそうだ。きっと、白柳にだって作れる。

「俺がそれにかかりきりになっている間に、どれだけの損失が出ると思ってるんだ。ハンコ押し機を作っていて、経常利益が減りました、なんて、株主総会で発表してみろ。俺は袋だたきだ」

「あ、じゃあ、俺、作ろうか?」

そうだよ。よく考えたら、風奈はいろいろ作れるんだった。ハンコをつかんで上下する道具なら、何日かあれば完成しそうだ。

「風奈はやっぱりバカだ」

白柳が、うんうん、とうなずいた。

「はあ? てめえ、俺が親切で言ってやってんのに、その言い草はなんだ」

「いや、だってさ、よく考えてみろ。どの書類もおなじところにハンコ押すか?」

「ああ」

なるほど。そういえば、そうだ。書類の形式によって、押す場所は全然ちがう。

「だったら、俺は用紙をちょうどそのハンコ押し機が当たる場所にセットしなきゃなんないわけだろ」

「うわー、めんどくせ」

風奈は顔をしかめる。

「だったら、自分で押したほうがよくねえか?」

「だから、そう言ってるだろ。俺の話を、ちゃんと聞け」

「おまえが、ハンコ押し機が欲しいって言ったんじゃねえかーっ！」

まったくもって、理不尽だ。なんだ、こいつ。ホント、むかつく。

「いや、欲しいさ、そりゃ。どこに押すのか瞬時に読み込んで、勝手に押してくれる機械ならな」

「んなの、いまの技術でできるわけねーだろ！　できたとしても、膨大な金がかかるっての。このバカ！」

「うん、開発部もそう言ってた。最初、冗談だと思ってたらしくて。でも、俺が本気だとわかったら、あいつら、立て板に水みたいに反論してきやがって。俺がいろいろ却下してる鬱《うっ》憤《ぷん》を、そういうときに晴らすなよ、って話じゃないか？　おとなげないだろ」

「おまえがだーっ！」

風奈はわめいた。

「ハンコぐらい、自力で押しやがれ！　それが一番早いっての！」

「わかってるって、そのぐらい。だけど、それでも、どうしても書類にハンコを押したくない週末があるわけだ、俺には」

「知るかっ！」

そんなの、ただのわがまま以外のなにものでもない。社長なんだから、きちんと責務を果たしやがれ！

「だからさ、俺がちょっとグチっただけなのに。開発部のやつら、そこをついてきやがって。そんなものを開発するぐらいなら、って、自分たちのアイディアを押しつけてきやがる。ほんの少し現実逃避しただけだったのに、社長のバカな話を聞いたんですから、今度はぼくたちの話を聞いてもらいます、って全員に囲まれて。欠陥を見つけるのに忙しいし、見つけたら見つけたで、じゃあ、そこはこうします、ってすぐに反論しやがるし。ホント、熱心なやつらと渡り合うのはしんどいんだぞ。俺は、もうそろそろ四十なのに、だれも労《いたわ》ってくれないし」

「それは、櫻聖さんが、社員に意地悪してるからじゃねえの」

いつも却下されてれば、なにくそ！　と反撃する力も相当強いだろう。

「まあ、ほら、立ちはだからないと、つまんねえだろ。俺を超えていけ、っていう親心なのに、一致団結して俺を倒す、みたいになってるし。上に立つのも、疲れるもんだ」

「それは、だから、櫻聖さんが普通にがんばりを認めればいいだけの話だろ」

「ちがうんだよな」

白柳は、ちっち、と指を振った。

「がんばってるだけじゃ、足りねえの。俺を驚かせる何かが欲しいわけ。開発部って銘打ってるんだから、ちゃんと開発してもらわないと。その過程は一銭も入ってこないどころか、持ち出しなんだからさ。あとで、どーん、と見返りがなきゃ、俺だって許可できねえだろ」

「櫻聖さん、たまーにまともなこと言うよね」

そういうときは目がきらきらしてて、もともとの顔立ちがいいから、かっこよく見えてしまう。中身は悪魔みたいなくせに。それが、むかつく。

「たまにじゃねえ。俺は、いつだってまともだ」

「でもさあ、開発会議だけ出てたら、ほかの部署困るんじゃねえの」

白柳のたわごとはスルーすることにした。白柳も特にそれで怒ったりはしない。

「ほかにも出てるぞ。役員会議だの、なんとか報告会だの、あくびが出そうなやつにもな」

「そういうのは、あんま疲れない？」

「ちがう意味で疲れる。俺、そういうのですら、張り切るから。なんか、会議となると、俺が回さないと！　ってなって、周りが迷惑がってる」

「うん、迷惑だろうな」

社長は、うんうん、とうなずいておけばいいのに。そこでつっこまれたら、発表してるほうも困るだろう。

「だってさ、ただ報告するだけなら会議なんて開かなくていいだろ。その間に仕事しろ、って話だよ。会議っていうのは、疑問をきちんと解決していくもんなんだから」

「でも、普通の会社はそうじゃないんじゃないの？」

まあ、まだ会議に出るほど出世（すれば参加できるのかどうか知らないけど。なんとなく、そんな感じがする）した友達はいないから、本当のところはわからない。風奈の職種だと、会議なんてないし。

「だから、新参のうちに他社は業績抜かれてるんだろ」

うーん、まともだ。しごくまともだ。

本当に腹立たしい。

いつも、ひどいことばかりしてくるくせに、たまにこういう面を見せるなんて。見直したくなんかないのに。恨みつづけて辞めてやりたいのに。

まったくもって卑怯な男だ。

「櫻聖さん、取引先に会ったりしないわけ？」

「昔は会ってたけど。いまは、うちのがでかいから。わざわざ俺が行かなくても、もっと下の役職ですむから会わない。だってさ、バカみたいだろ。接待されて、楽しくもないのに一緒に食事するなんて。新しい何かを売り込んでくるところとのビジネスランチにはよく行くが、それは、一時間で俺を納得させられるかな、っていう試験でもあるわけ。飲みながらだと、なあなあ、になるだろ。向こうが。で、俺は、そういうのにむかついて、すぐに切るタイプだから。ああ、あんとき、ちゃんと話聞いときゃよかった、ってのが、実はいくつかある」

「ほかのところに出し抜かれたんだ」

風奈が勢い込んで言うと、白柳は顔をしかめた。

「ていうか、俺が断ったあとで他社が受けて、大ヒット！　みたいな。だから、酒は入れないビジネスランチ。それが一番、効率がいい。そうするようになってから、これはいい、ってやつは逃がさなくなってきたな」

「ふーん」

なんだ、ちゃんと仕事してるんだ。会議に出て、こてんぱんにやられて、風奈を激しく抱くだけじゃなかったのか。

そりゃ、毎日、それだけ全力投球してれば、疲れもするだろう。

あれ、そういえば。

「櫻聖さん、逃走癖はないの？」

「なんだ？」

「え、重要な会議とかパーティーとかから逃げ出す癖が、って秘書課の人たちが」

「ああ、それか。ただの脅しだ。っていうか、まだ使ってるのか、それ。俺の秘書が、まったく何もしないで終業時間を迎えるのがいやでしょうがないんだろうな。ちょっとでも仕事をさせよう、と思って、そんなことを言ってるらしいのは知ってた。まさか、つづけてるとは」

白柳があきれたようにつぶやいた。

だから、そこまでの軋轢《あつれき》が生じてるなら、どうにかしやがれ！

とはいっても、風奈にもいい解決策はないし。ここは知らないふりをしておこう。

それには、話をもとに戻すのが一番だ。

「会議でさ、櫻聖さんの意見がとおらないときってのも、あるわけ？」

白柳もすぐに切り換えてくる。まったく、頭の回転が速くてやっかいだ。

「もちろん。開発会議は、決定権が俺だけにあるわけじゃないから。いくら、俺が反対しても、ほかの役員が、それいいな、って思ったら、投票で負けるし」

「投票！」

そんなことまでやるのか。

「で、結果、俺がまちがってたらいいけど。長い期間をかけて、商品ができあがって、俺が予想したとおり、まったく売れなかったときの怒りといったら！　報告会議は、俺の独壇場になるわけだ」

「怒りをぶつけるための？」

「そう」

白柳があっさりとうなずいた。

「そんなことばかりしてて、社員に怖がられない？　開発って、自由な発想が命なんじゃねえの？」

「まあ、俺がまちがってることもあるからな。大反対したのに、スマッシュヒット飛ばされたときの報告会といったら。いつものお返しとばかりに、すべてのセンテンスに、社長は大反対されましたが、って入れてきやがる。ホント、むかつくやつらだ」

その場を想像して、颪奈は吹き出す。白柳はさぞや悔しいにちがいない。だけど、性格からいって、それを表に出さずに涼しい顔で聞いているふりをするのだろう。

「ああ、そういうとき？」

「何がだ？」

「櫻聖さんが、ケダモノっぽくなるの」

「いや、報告会は、すでに結果が出てるからな。俺がまちがってようが、相手がまちがってようが、そんなことはたいした問題じゃない。結果をよく頭にたたき込んで、すぐつぎにかからなきゃならないんだから。俺がケダモノになるのは、企画段階で俺が反対したものを、投票で開発することになったとき。なんで、あんなもの作るんだ！　って思ったら、もんのすごくむかついて、抑えがきかなくなる」

「…てことは、週に三回も櫻聖さんはやり込められてる、ってこと？」

「いや、週に三回も企画を出してこられたら、こっちがもたん。開発部のやつらだって、つぶれちまう。颪奈が来てから、ケダモノになったことはないぞ」

「えーっ！」

あれで⁉

「年に一回とか二回とかじゃないか。そんなふうに荒れるの。まあ、ケダモノといっても、相手が気絶するまでぶち込みつづけるだけだけどな」

それで十分だ！　絶対にされたくない！

「え、じゃあ、ほぼ毎日みたく疲れてるのは、会議疲れ？」

「いや、企画の初期段階から関わるから、その論争疲れ。あいつら、俺が論破しても、すぐに反論しやがるし」

それは論破できてないんじゃあ。

そう思ったけど、黙っておこう。どうやら、そのときの怒りを思い出してきたみたいだし。こういうときはほっとくにかぎる。

「そろそろ会議、始まんじゃねえの？」

正確な時間は時計がないからわからないけれど。どうして置いてないのか聞いてみたら、この部屋にいるときぐらい、時間にしばられたくない、と白柳は答えた。

まあ、別に携帯があれば時間はわかるから、特に不便でもない。それに、風奈は何時に何かをしなきゃいけない、という仕事はないんだし。白柳は腕時計をしてるから、自分でたしかめればいいだけのことだ。

「まだ大丈夫だろ。電話かかってきてないし…待てよ」

白柳はテーブルの上に置いていた腕時計を手に取った。時間をたしかめてから、大声でわめく。

「くそー、あいつら！　俺がいないのをいいことに始めやがるつもりだな！」

「うるさいよ」

風奈は耳をふさいだ。白柳が、じろり、と風奈をにらむ。

「おまえがわけのわからん質問をするから、こんなに時間がたったじゃないか！　俺がいなけりゃ、スムーズに会議が進む、と思ってるやつらの集まりなんだ、今回のチームは。遅れたらダメなんだよ！」

「だったら、怒鳴ってないで、髪乾かして、スーツ着て、走れば？」

「くっそ」

白柳が舌打ちした。

「風奈に正しいことを言われると、なかなかにむかつくな」

どうやら、それはおたがい様らしい。

「まあ、それもそうだ。五時には戻るから、待ってろ」

「わかった」

朝やったときは、さすがに五時にもう一度、ということはないけれど。白柳はクールダウンが必要なので、お酒につきあうことになっている。ただし、風奈は飲まない。もっぱらソフトドリンクだ。

白柳の好みのお酒も覚えた。つまみは、白柳が持ってきてくれる。風奈のために、がっつりしたものも用意してくれるのは、ありがたい。このところ、朝食しか家で食べていないので、食費も浮いている。

これで二百万の給料をもらったら、かなり余裕が出てくる。

「給料が入ったら、一人で食べ放題の焼肉店とか行っちゃおうかな」

一日の食費は千円以内、と決めている風奈にとって、三千円近くする食べ放題は、かなりの贅沢《ぜいたく》だ。

だけど、がんばったごほうびに、そのぐらいはしてもいいだろう。

「楽しみだな、焼肉」

みんなでわいわい、も好きだけど。一人で行くと、マイペースでどんどん食べられるのが嬉しい。風奈は一人で食事するのは平気なタイプ。家族連れの中に、ぽつん、と一人といった状況でも、別に寂しいとは思わない。

「うん、絶対、焼肉にしよう」

タレの味を想像したら、じゅるり、とよだれがこぼれた。焼肉店は、もちろん、肉を目当てに行くけれど。白米がおいしいのも魅力のひとつだ。

「今日、焼肉弁当だったらいいな」

残念ながら、その予想は外れたけれど。ボリューム満点のとんかつ弁当だったので、肉を欲していた身としては満足だ。

こんな楽な仕事はないよなあ、とゲームのスイッチを入れながら、風奈は思う。

俺はつづけたくないけど。女でも男でも、セックスが大好きで、白柳のあの顔が好みで、ちょっとした意地悪ぐらいどうでもいい、と思えるような人なら、ずっとつづけたがるはずだ。

なのに、つぎからつぎへと秘書は替わっている。

それは、飽きるから。

相手の体に、白柳が飽きるから。

「まあ、目当てはセックスだけだしな」

そうつぶやいたら、胸のどこかが、ちくん、と痛んだ。風奈は眉をひそめる。

「なんだ？　胸やけか？」

しばらく様子を見ても、なんともない。どうやら、気のせいだったらしい。

「さ、ゲームしよ」

風奈はコントローラーを握って、ゲームをスタートする。

あとは五時まで、あっという間だった。

「だから、俺は言ってやったわけ。おまえに割いてる時間があったら、俺は会社で仕事をする、って。そうしたらさ、あの女、あたしと仕事、どっちが大事なのよ！　って」

白柳はウイスキーの入ったグラスを傾けた。終業後、お酒を飲むときは、仕事の話は一切しない。昔の彼女のグチだったり、両親に対する文句だったり、最近の時事問題についての不満だったり…。

こいつには楽しい話というのがないのか。

だけど、おいしいものがついてくるから、風奈はおとなしくつきあう。今日は熱々の焼き鳥を山盛りと、サラダなどのさっぱりしたお惣菜《そうざい》。その焼き鳥があまりにもおいしくて、風奈はさっきからひっきりなしに食べつづけている。

白柳はお酒がメインだからか、サラダをちょっとつまむぐらい。

「なあ、この焼き鳥、俺が全部食べてもいいの？」

「食え、食え。若いんだから、いくらでも食えるだろ」

それに貧乏を足すと最強だということを、きっと白柳は知らない。コンビニでおにぎりを三つ買おうか、二つと飲み物にするか、真剣に悩んだことなんてないだろう。

「その代わり、俺の話をちゃんと聞きやがれ」

「えー、だって、つまんねえもん」

別れた彼女のことなんか、さっさと忘れてしまえばいいのに。それは、まだ恋をしたこともなくて、だれとも別れた経験がないから言えることなのかもしれないけれど。

「どうせ、仕事、って答えた、ってオチだろ」

「ちがう」

「え、彼女を取ったのか⁉」

それは意外だ。

「いや、それもちがう。あのさ、俺、最初に、仕事をする、って言ってるわけ。なのに、彼女は、どっちが大事なんだ！　って聞くからさ。俺、笑っちゃって。結論、先に言ってますけど、と思ってさ」

「うわあ、性格悪ぃ」

その彼女は、真剣に白柳のことが好きだったんだろうに。だから、こんなとんでもない性格のやつとつきあったはずだ。

なのに、笑われるって。白柳の仕事が忙しすぎて会えないことに対する不満なんて、持ってて当然だろうに。

「そしたら、グーで殴られた。びっくりした。女でも殴るんだな」

「そりゃ、つきあってる相手に鼻で笑われたら、殴りたくもなるわ」

風奈はレバーを口に入れた。とろり、ふわっ、とした焼き上がりで、硬さがまったくない。

あまりのおいしさに、風奈はため息をつく。

「おまえ、いっつも、こんなもんばっか食ってんのか?」

「まあ、だいたいは」

「動脈硬化で死んでしまえ」

風奈の憎まれ口に、白柳は笑った。

「それは無理だな。パーソナルトレーナーつけて、運動してるし」

「パーソナルトレーナー?」

なんだ、それ。

「セレブの間では当たり前になってる、個人で雇うトレーナーのこと。家に来て、筋肉のつけ方とか、指導してくれるんだよ。ほら、俺って、セレブだから」

にやりと笑う顔を、グーで殴ったもと彼女の気持ちが、痛いほどわかった。

俺だって、いますぐ殴ってやりたい。

「運動なんて、適当にその辺、走ってればいいじゃん」

それなら、タダなのに。

「だいたいさ、そのパーソナルトレーナーとやらって、役に立つわけ?」

まあ、たしかに、白柳はきれいに筋肉がついた体をしているが。

「アメリカは、痩せてなきゃ人じゃない、って国だから」

「えええええ！」

風奈はわめく。

どこがだ！　肥満の国ナンバーワンとかじゃなかったか⁉

「庶民はいいんだよ。セレブで太ってたらダメなわけ。だから、激太り！　妊娠か⁉　みたいな記事がタブロイド紙に出るんだし」

「…はあ、そうですか」

なんか、もう、どうでもよくなってきた。勝手になんでもつければいい。

しかし、世の中には金持ちというのが存在しているのだ、と、白柳を見ていて思う。風奈の友達は、特に貧乏でも金持ちでもないのばかり。親から豊富にこづかいをもらうということがないから、高校時代、口を開けば、金がねー！　と言い合っていた。いまでも、その当時と状況はそんなに変わらない。

若いときは、俺も金がなかったよ。

前の職場では、みんながそう言って慰めてくれていたから、これが普通なんだと思っていた。だけど、白柳のように生まれつき金持ちで、起業したい、と言ったら親が金を出してくれて、こんなおいしい焼き鳥を毎日のように食べられる人種もいるんだ、と思ったら、なんだか不思議だ。

だからといって、腹が立ったりはしない。お金のあるないは、そういうものだ、とあきらめている。

「で？　モトカノの話じゃねえの？」

パーソナルトレーナーよりは、まだそっちのほうがおもしろそうだ。

「あー、俺、そのモトカノって言葉、すっげーきらい」

「なんで？　モトカノはモトカノだろ」

「だって、じょ、しか略してないだろ。言えよ、じょ、ぐらい。もと彼女、でいいじゃねえか」

「略語は日本の文化だ」

と、つい最近、見たテレビで言っていた。

「ほかにもさ、コンビニの名前も略すだろ。言え、全部！　つけた人の気持ちを考えろ！」

「じゃあさ、櫻聖さんは、かならず全部、略さずに言うんだな」

「いや、略す」

簡単に自説を引っくり返す白柳に、風奈は焼き鳥を吹き出しそうになる。

危ない、危ない。大好きなつくねを落とすところだった。塩味でシソが入ったこのつくねは、絶品なのに。

「略すけど！　モトカノとかモトカレとか、あれはむかつく。あとコンビニの名前。それと、ファストフードも」

「それ限定で？」

「そう、限定で」

「ふーん、変なの」

まあ、略したくないならそうすればいい。だれも困らないんだし。

「で、モトカノの話はどうでもいいわけ？　だったら、俺、食べるのに専念するぞ」

「モトカノって言い方は気に入らないが、まあ、どうでもいい」

「だったら、最初から話すなよ。オチがない話なんて、聞いてておもしろくないんだって気づけ」

「いや、オチはある。俺が殴られた」

「俺は、ざまあみろ、と、モトカノ、グッジョブ、としか思わないけどな」

「おまえなあ」

白柳が顔をしかめた。

「俺は、これで結構、いいやつなんだ」

「自分でそう思ってるだけだろ」

「いや。雨の中、捨てられた子猫を拾ったこともある」

「うわー、べったべたな話だな」

風奈はあきれる。なんだ、その使い古された、あの人は不良に見えて実はやさしいの、みたいな設定にしか出てこない話。

「だいだい、おまえ、歩くの?」

お抱え運転手がいるはずじゃなかったっけ?

「いや、歩かない」

ほらな。

「だったら、どうやって雨の中で捨てられた子猫を探せるんだよ」

「それは、あれだ。俺みたいにいいやつになると、レーダーが働くんだよ。あ、子猫が捨てられてる! ってな」

「そんなつくり話に興味ねえよ」

風奈は皮に手を伸ばした。油が落ちて、かりっと焼けている皮は、風奈に幸せを与えてくれる。

「ほかに、なんか、いい人エピソードねえの?」

「枯れた花壇にこっそり水をやったり、ケガをした鳥を家に連れて帰って、治療して、また放してあげたり」

「おまえは少女マンガフリークか何かか!」

それも、一昔前の。そういうの、中学校のときにクラスの女子が読んでた気がするぞ。

「まあ、ぶっちゃけ言うと、俺は性格が悪い」

「ぶっちゃけなくても、性格悪いわ。アホか」

風奈は吐き捨てた。性格がいいやつが、風奈を取引材料にして、井上工業をつぶそうとなんかするもんか。

「おまえなあ。俺は雇用主だぞ」

「だから、気に入らなきゃクビにすりゃいい、って、いつも言ってるじゃねえか」

夕方、切羽つまったように風奈を求めてくるとき以外の白柳は、別に怖くもなんともない。それに、辞めたら社長のもとに戻れるわけだから、別に痛くもかゆくもないし。

セックスした感覚だって、そのうち忘れる。秘書じゃなくなったら、男に抱かれることもない。

そのあとは、ちゃんと恋をして、その子とセックスしよう。

こんなもの。

そう思わなくていいように、だれかを好きになって、そのあとで、ドキドキしながらキスしたり、セックスしたりするのだ。

そのときは、きっとまた、ちがう感慨を覚えるはずだ。

「ていうか、だいたい、どのくらいでクビにしてるわけ?」

「んー、なんだろ。勃たなくなったらかな」

「彼女と別れるときも、そんな理由?」

「まさか」

　白柳は肩をすくめる。

「だいたいにおいて、俺がふられる」

「ああ、わかる、わかる。おまえ、鬼畜だもんな」

「いや、だから、俺は子猫を拾う男だと言ってるだろうが」

「拾ったことねえだろ、絶対！」

　風奈の言葉に、白柳は笑いながらうなずいた。

「基本的に車の中では寝てる。それか、書類に目を通してる。ハンコを押さなくていい報告書なら、いくらでも読むんだけどな。ハンコを押す、という単純作業が、本当にむかつくんだ」

「だから、俺がハンコ押し機を作ってやるって。書類は自分の手で置かなきゃいけねえけど、ハンコは押さなくていい」

「それをセットする手間を考えたら、自分で押したほうがよくねえか？」

「けど、押したくねえんだろ」

　にやりと笑って言ってやったら、白柳は苦笑する。

「おまえは、いままでの秘書とはちがうな」

「男だからじゃね？」

「いや、男もいたぞ。数人だけど」

いったいいままで何人、秘書がいたんだ。怖いから聞かないけど。

「でも、たしかに久しぶりだ。しばらく、唯々諾々《だくだく》と俺に従う女ばかりだったからな」

あんな条件ついてりゃ、それに従うに決まってる。なんてったって、二百万の給料がかかってるんだし。

「朝やって、そのまま帰らせることもあった」

「へ?」

風奈は白柳をまじまじと眺めた。

「じゃあ、そいつは、たった一時間ここにいるだけでよかったのか⁉」

「だって、もうやることないし」

「まあ、そうだけど!」

そこまで言ってから、風奈は、はっと気づく。

「じゃあ、俺も…」

「ダメだ」

全部言う前に却下された。風奈は不満な表情を見せる。

「なんでだよ! だって、おまえ、一日一回しかしねえんだろ」

「うん」

「だったら、俺もいらねえじゃん！」

「いや、いる。風奈がそうやってうまそうに焼き鳥を食ってるとこを見ると、俺のささくれた心が癒《いや》されるんだ」

「…え？」

どくん、と心臓が変なふうに跳ねた。

突然、なんだ⁉　新たないやがらせか？

「風奈と話してると楽しいし、風奈が俺のグチを聞いてくれるとほっとする」

いやいや、こっちは大迷惑だ！　だいたい、人のグチなんて、聞いて楽しいわけがない。

壁に向かってでも、しゃべってろ。

「だから、なるべく朝がいいんだよな。そうしたら、夜はこうやってしゃべれるし。けど、まあ、絶対に荒れるだろうって会議のときは、そんな気になんねえからなあ」

「ああ、ちゃんと考えてんのか」

気まぐれで、朝か夜かのどっちかにしてるのかと思っていた。

「んー、ずっとこうやってきてるから。本能でわけてるっぽい。たとえば、明日はなんにもないから、また朝やろう、とか思ってても。なーんか、気分がのらなかったりして。で、一日終わってみたら、ひでーことばかりで、セックスで発散するしかない、みたいなことになってる。初日、電話かかってきたのも、あれは、とっとけ、っていう本能の命令だったんだろうよ」

「そのせいで、俺はひでー目にあったけどな」

初めてなのに、まったくやさしくされなかったし、痛みだけしか残らなかった。

「いまは、慣れて余裕だろ」

「うっせえ！」

自分が始めたこととはいえ、そう言われるとむかつく。普通のときにセックスについて話すべきじゃなかった。

「いいんだよ、そういうことは、どうだって。それよりだな、朝やったら、俺も帰っていい、とかってことにしねえか？」

「ゲーム機はここにあるし、弁当つきだし、家よりもよっぽど居心地がいいとは思うけど。まあ、それでもどうしても帰りたいって言うんなら、勝手にすればいい。ちなみに、明日は焼肉弁当だ」

「うわー…」

そんな手を使ってくるとは、卑怯だ。

でも、よく考えたら、いや、よく考えなくても、白柳の言うとおりだ。ここなら、光熱費もタダだし、節約ができる。

「わーったよ！」

だけど、風奈は、しぶしぶ、という態度を崩さない。喜んで残ってる、と思われたら、悔しいからだ。

まあ、白柳のことだから、全部お見通しなんだろうけど。

「いりゃいいんだろ、いりゃ。けど、いいか。俺は弁当につられただけであって、おまえのグチを聞きたいとかじゃないからな！」

「正直でよろしい」

白柳はくすりと笑う。

「風奈は口が悪いのに、それがむかつかない、という、めずらしい存在だな」

「そうか？　結構、いままで、いろんなやつを怒らせてきたけど」

「俺からしたら、子犬がきゃんきゃん吠《ほ》えてる、って感じだ。それに、口論したら、風奈が絶対に負けるし」

「んなことねえよ！」

そんなことはあるけど、認めてなんかやらない。

「俺が勝つことだって、まれにあるだろ！」

「自分で、まれ、とか言ってるから、かわいいんだよな」

白柳がグラスをテーブルに置いて、風奈に近寄ってきた。

「なんだよ！　脅したって、怖くねえぞ！」

「いや、そうじゃなくて」

白柳は、じっと風奈を見つめる。

「…なに？」

酔って、具合でも悪いんだろうか。介抱するの、めんどくさいんだけど。

「んー、おっかしいなあ」

白柳が首をかしげた。

「こんなこと、めったにないんだが」

「なんだよ！　さっさと言え…」

風奈は目を見開いたまま、固まる。白柳がキスをしてきたからだ。

「んっ…んんっ…」

まさか、二回目をやるとか⁉　でも、もう、勤務時間外だよな⁉

舌が入ってきて、風奈のに絡む。いままで、何度もしてきたせいで、風奈も自然にそれを受け入れてしまう。

舌でたわむれ合って、白柳の唇は離れた。

「キスしたくなった」

「…なんで？」

「わからん」

白柳は肩をすくめる。

「もっかい、するぞ」

「キスだけ?」

風奈は完全に腰が引けている。これ以上されるんだったら、せっかくの焼き鳥が食べられない。

「ああ、キスだけだ」

ならいいか、と思ってしまったのは、かなり秘書の仕事に毒されているせいだ。

だけど、これからセックスされるよりはいい。

風奈は目を閉じた。すぐに、白柳の唇が重ねられる。舌が入ってくるかと思ったのに、ちがった。軽く唇を吸われて、すぐに離れる。

「んー、やばいな」

風奈が目を開けると、白柳が立ち上がろうとしていた。

「どうした? 急な仕事か?」

「いや、五時以降は仕事をしない、って決めている。接待とかも全面禁止にしてるしな。だから、帰る」

「…は?」

まだウイスキーを飲み終わってないのに? ていうか、焼き鳥はどうなるんだ!

「風奈はここで食べてっていいから。あまったら、持って帰れ」

それは、ありがたいけど。

「大丈夫なのか？」

風奈は心配になって、白柳を見た。こんなに困惑してる表情、見たことない。

「うん、大丈夫。ちょっと、あれなだけだから」

なんだ、あれって。

「とにかく、俺、先に帰るわ。じゃあな」

ひらひら、と手を振ると、風奈が止める間もなく、白柳は出ていった。風奈は呆然《ぼうぜん》とそれを見送る。

「なんだ、あいつ」

人にキスするだけしといて、先に帰るなんて。

「あ、俺とのキスがいやだったとか？」

冗談口調でつぶやいた瞬間、胸の奥が、ずきん、と痛んだ。

「…なんだ、これ」

まさか、そんなことで傷ついてるとか…。

「いや、ちがうな。コーラの飲みすぎで、ゲップが出そうなだけだ」

白柳のことを、いちいち気にしたりするはずがない。

そのあとは、テレビを見ながら、一人で黙々と焼き鳥を食べた。

おいしいはずなのに。

さっきまで、本当においしかったのに。

なぜか、あまり喉を通らなくて。風奈は持ち帰るために、袋に入れる。

「こんなの、いつもだったら余裕なんだけどなあ」

風奈はつぶやいた。

白柳のことなんて、どうでもいいんだけど。

それでも、行動が謎《なぞ》すぎて、そのことしか考えられなかった。


「おはようございます」

風奈が会社に入ると同時に、初日にいろいろ説明してくれた女性が現れた。

「おはようございます」

そういえば、この人、ずっと見なかったな、とぼんやり思う。

昨日は、結局、ほとんど寝られなかった。

いったい、白柳はどうしたんだろう。

そのことばかり、考えていた。

だけど、それは白柳を心配してとかじゃない。だれだって、急に人に去られたら、気になるに決まっている。

「どうしたんですか?」

「お話があります」

「じゃあ、あとから秘書室で聞きます」

あんまり、この人といま話したい気分じゃないし。

「いえ、あなたはもう、秘書室に行くことができません」

「は?」

風奈は彼女の言っている意味がわからずに、首をかしげた。

「どういうことですか?」

「鍵を出してください」

手を差し出されて、風奈は持っていた秘書室の鍵を素直に渡す。

「鍵が壊れて替えた、とかですか?」

だったら、行けない、というのも納得だ。

「いえ、そういうことではなくて。今日から会社にも立ち入り禁止です。見かけたら、不審者として警察に通報しますので、肝に銘じておいてください」

いや、待って、待って。まったく意味がわからないんだけど!

「あなたはクビです」

待ち望んでいた言葉のはずだった。

なのに、まったく心に響かなかった。

「……え？」

あまりの小さな声に、自分でも驚く。

「今朝《けさ》早く、社長から通達がありました。あなたが勤めたのは一か月と三日なので、二か月分のお給料が出ます。大事に使ってくださいね」

勝ち誇ったような顔に見えるのは、きっと、風奈の思い過ごしだ。だけど、彼女の手から鍵を奪って、秘書室まで駆け上がって、そこに閉じこもって、困らせてやりたい衝動にかられる。

なんで？　おかしい。

だって、ずっとクビになりたかった。告げられたら、喜びのあまり、涙するかもしれない、とまで思った。

なのに、どうして、いま、この場所に突っ立ったまま、動けずにいるのだろう。

「白柳社長は…なんておっしゃってたんですか？」

原因を知りたい。つい昨日の夜まで、普通に接していた。あのときにクビにされる要因なんてなかったはずだ。

「つぎの秘書を探せ、と。それだけです」

たった、それだけ？　風奈に直接は言わずに秘書課に頼んで、逃げてるだけじゃないか。

「いつも、こんなものです」

秘書課の女性は、慰めるように言う。初日は敵視していたくせに、辞めるとなるとやさしくできるのか。偽善者め。

いや、この人は悪くない。ちゃんと働いているのに、白柳とセックスするだけの相手よりも給料が低いとなると、腹が立つのは当然だ。

おかしいのは、風奈のほうだ。

なんで、こんなに動揺してる？

戻れるのに。

予想より早く、井上工業に戻れるというのに。

喜びよりも、胸にぽっかりと穴が空いたような気持ちなのは、どうしてだろう。

「お給料は早急に振り込ませていただきますので、ご確認ください」

そうだ、たった三日の差で四百万もらえるのだ。もっと喜んでいい。

それなのに、どうして。

いま、こんなに動揺してるんだ？

待ち望んでいたはずなのに。

絶対にそうなのに。

「いままでお疲れ様でした」

彼女は丁寧に頭を下げると、最初の日とおなじように、風奈を振り返りもせずに会社の中に入っていった。

残された風奈は、ただそこに立ちつくすことしかできなかった。

5

「おい、交代で休憩入れ」

「はい！」

戻ってきた先輩社員に声をかけられて、風奈は元気に答えた。

「じゃあ、外に食いに行ってきますんで」

「おお、行ってこい」

風奈はハンダを置くと、作業着のまま、外に出る。今日みたいな暑い日は、冷やし中華がいいだろう。

「最近、はぶりがいいな」

作業場を出る前に、またちがう同僚に声をかけられた。

「宝くじでも当たったか？　借金なら、やめといたほうがいいぞ」

「ちがいます。ばあちゃんの遺産が入ったんです」

にこっと笑うと、相手も笑い返す。

「うそくせえな。いない間、どっかで稼いでたか？」

「だったら、アパート引っ越してますって。ちょっとした小遣い程度の金を、ばあちゃんにもらっただけです。夏だから、精力つけな、って」

「まあ、そういうことにしといてやるよ」

そう言って、相手は仕事に戻った。風奈は外に出る。かっと暑い、夏の日差しが照りつけてきた。

白柳にクビにされてから、二週間。ようやく仕事の勘が戻ってきたところだ。風奈ぐらいの技術力でも、一人抜けたのはかなりの痛手だったらしく、作業場に顔を出したときには大喜びされた。

実家の都合で辞めなくてはならなくなったけど、それが解決して戻ってきた、と社長は説明してくれたらしい。だから、社員には何も聞かれなかった。そっとしておいてくれるやさしさが、ありがたい。

白柳については、忘れることにした。あの日は、一日、何も手につかなくて。帰ってからも、呆然とするばかりで。何かを考えたりすらできなかったけど。

いつの間にか眠っていて、起きたらすっきりした。そのまま社長に電話をかけて、復帰させてくれるように頼んだのだ。

『ものすごく助かる』

社長は、ほっとしたようにそう言った。

『実は、人を増やせとみんなにせっつかれていてな。三か月はもたない、と相談しようと思っていたところだ』

そういう意味でも、タイミングがよかった。

つぎの朝、仕事に行く前に、昼ご飯を買うついでにお金を下ろそうとコンビニのATMにカードを入れたら、見たこともない額が入金されていて。早急に、というのは、本当にすぐに、だったんだなあ、と、変なところで感心した。

その日からずっと、昼も夜も外食をしている。さすがに高級店に行く勇気はないけれど、いつもなら悩んだあげくにやめてしまう値段の店には、ためらわずに入れるようになった。

早くなくなってほしい。

秘書をやっていた間の四百万なんて、いらない。

残高を見るたびに、白柳のことを思い出してしまうから。そして、むかつくから。

なんで、理由も言わずにクビにしやがった！

会社まで行って、白柳にそうつめよりたい衝動にかられるから。

すっぱり、全部使って、もとの貧乏生活に戻りたい。引っ越しをしないのは、四百万が全部なくなったあと家賃を払うのに困るからで、食事にしか使わないのは、そのお金で買ったものを残したくないから。

食べ物なら、消えてしまう。それが、一番いい。

一杯二千円もする冷やし中華を出す店に入った。最近、よく来ているからか、店側も愛想がいい。

冷やし中華を頼んで、水を一口飲んだ。その冷たさが、喉に心地いい。

二千円の冷やし中華は、さすがに豪華だ。自家製のものすごくおいしいチャーシューやら、高級なんたら卵（何度聞いても覚えられない）の半熟と錦糸卵やら、きくらげやら、なんやら、具がどさっと乗っている。それをかっ込んで、消費税込みの二千百円を払ってそこを出た。あとはコンビニに寄って、コーラでも買っていこう。

おなかいっぱいになって、ふんふふーん、と鼻歌まじりに歩いていたら、携帯が震えた。きっと、仕事関係だろう。早く帰ってこい、とかだったら、コンビニに寄るのはやめればいい。

風奈が辞めたあと、白柳産業からの発注はまた増えた。それがお詫びのつもりなのか、と、聞いた瞬間、何かを殴りつけたくなったが、どうにか自分を抑えた。

あんなやつのことなんか、知ったことじゃない。

勝手に、なんでもすればいい。

そのおかげで、てんやわんやだ。全員が一斉に昼休みを取ると作業が滞るため、少しずつずれてお昼に行くことになっている。

風奈が戻ってきたとはいえ、それでも人手が足りないようで、社長が、もう一人入れるかもしれない、と話していた。

だから、食事の途中で呼び戻されることも、しょっちゅうだ。おかげで早食いになった。

「はい、もしもし」

風奈は電話をとる。

『死ぬ前に、一度だけ会いたい』

聞こえてきた声に、風奈は、ぽろり、と携帯を落としそうになる。

なんで？　なんで、白柳がこの番号を知ってるわけ？

久しぶりに声を聞いたというのに、すぐにわかった。

それが、悔しくて、腹立たしい。

でも、番号を教えてはいない。向こうのも教わってはいない。

だから、理由を聞けなかったのだ。あのとき知っていたら、やつが出るまでかけつづけていただろう。

なのに、どうして、いま。

ようやく、頭の片隅からも消えてしまった、この時期に。

「俺は会いたくない」

しぼり出すように、風奈は言った。

どこまでも勝手な男だ。自分の都合で秘書にして、自分の都合でクビにして、そして、また、自分の都合で電話をかけてきている。

それも、死ぬからと言った…。

「は!?」

風奈は慌てて携帯を握り直した。

「いま、なんつった!?」

『死ぬ前に、もう一度会いたい』

「だれが死ぬんだ？」

『俺』

風奈は、その場に崩れ落ちそうになる。

死ぬって、なんだ。いったい、どういうことだ。そんなわけがない。だって、元気だったじゃないか。

…いや、よく考えてみれば、最後の日、何かおかしかった。自分でも、変だ、と言っていた。

あのときには、すでに病魔に侵されていたのか。だから、風奈を辞めさせて、一人、闘病生活に入っているのだろうか。

「どこにいるんだ！」

風奈の質問に、すぐに病院名が戻ってきた。

「いますぐ行く！　待ってろ！」

風奈は携帯を切ると、そのまま社長にかける。

「社長、すみません、午後から休ませてください」

『は？　おまえ、うちの惨状、知ってるだろうが。休みなんて…』

「白柳社長が倒れたみたいで」

うそじゃないけど、本当でもない。病名は、何もわかっていない。

「俺、呼ばれたんです」

『…なら、しょうがないな』

社長は、白柳に恩を感じている。それを利用するのは申し訳ないけど。いまは、そんなこと言ってる場合じゃない！

『俺からもよろしく言っといてくれ。仕事はフォローする』

「ありがとうございます。よろしくお願いします」

風奈は電話を切ると、すぐにタクシーをつかまえた。四百万があってよかった、と心の底から感謝した瞬間だ。

これで、すぐに駆けつけられる。

白柳のもとへ。

…一番、会いたかった人のもとへ。

「大丈夫か！」

病室に飛び込んだら、青い顔をした白柳が目を開けた。

「ああ、来てくれたのか」

白柳が力ない笑いを浮かべる。こんなに弱っているところ、初めて見た。

白柳はいつも自信たっぷりで、元気で、精力がありすぎて困るほどだったのに。

このやつれようはなんだ。

「大丈夫じゃねえみたいだな」

こんな姿の白柳を見て、怒りなんて一瞬で吹き飛んだ。死ぬ前に、というからには、何か重大な病気が見つかって、手のほどこしようがなかったのだろうか。

「ずっと、謝りたかったんだ、本当は」

白柳は、ぽつん、とつぶやく。

「俺の都合でクビにした」

「そんなの、いつものことなんじゃねえの？」

だから、給料が高いのだ。

「いや、ちがう。いままでは飽きて勃たなくなったからだが。風奈はちがったんだ。まだ勃ったのに、クビにした」

こんなに元気がないのに、勃つ、勃たないの話をしているのが、なんだかおかしくて。風奈は笑いそうになるのを、なんとかこらえた。

さすがに重病人を笑うわけにはいかない。

「気にすんな」

ずっと、それにこだわっていたけれど。白柳もそのことが気にかかって、安静にできなかったり、心が痛んだりしているのなら、いくらでも許してやる。

「俺は、もとの職場に戻れてほっとしてるんだから」

「ありがとう」

白柳は微笑《ほほえ》む。それが、あまりにも儚《はかな》げで。なんだか、涙が出そうになってきた。

本当に死ぬのか。

こんなふうに、さよならをするのか。

いや、もともと、三か月たったら終わる関係だった。だから、さよならするのは当然だけれど。

胸がもやもやする。そして、ずきずきする。

白柳に会ってから、心臓のあたりがおかしくなることが増えていた。

それがなぜだかわからなくて、風奈はそっと胸を押さえる。

「あの日、風奈にキスをしたとき」

「うん」

そうだ。そのあと、急に白柳は帰ったのだ。

もしかして…。

「俺、なんか移した⁉」

だから、呼びつけたとか⁉　でも、だったら、そのうち、風奈もおなじ病気になる。それで許してはもらえないだろうか。

白柳は、ぽかん、と口を開けた。それから、くすくす笑う。

「本当にいつも予想外な答えを返してくる。移されてない」

「よかった…」

風奈は胸を撫で下ろした。すぐに、それを訂正する。

「ちがっ…！　俺が病気になってなかったことがよかったんじゃなくて！　櫻聖さんに病気を移したんじゃなくてよかった、ってことで！　あ、あれ…？　俺、自分でも言ってる意味が…」

「わかってるから大丈夫」

白柳は手を伸ばして、風奈の手を、ぽん、ぽん、とたたいた。その手が、白く透き通って見えるのは、自分の気のせいだろうか。

もっと筋肉がついていたのに、いまはほっそりしている。

ああ、本当に病気なんだ。

そう思ったら、我慢できなかった。ぽつり、と涙が頬《ほお》を伝う。

「なんで？」

「何が？」

「なんで、櫻聖さんが病気になんなきゃいけねえの？」

「寿命なんじゃないかな。まあ、若いといえば若いけど。それでも、俺はやりたいことをやってきたから、別に後悔はないし。泣かないで」

白柳の声はやさしかった。そのことが、ますます風奈の涙腺《るいせん》を刺激する。

「なんでっ…俺に会いたかったんだ…？」

話を聞きたい。白柳の姿をちゃんと見たい。

なのに、涙で曇ってしまう。

「ああ、そうそう。キスしたときさ。俺、この子に恋したんじゃないか、って気づいて。まさか、名前がおもしろいから、って採用した秘書を好きになるなんて、思ってもみなくてさ。パニックになって、あの場から逃げた。そして、風奈からも逃げた。だから、クビにしたんだ」

恋をしている？　好きになった？

それは、いったい、どういうこと？

だって、風奈は反抗的で、セックスだって慣れてなくて、憎まれ口ばかりたたいて、なのに言い負かされて悔しがって。

いいとこなんて、ひとつもない。

白柳が好きになってくれるところなんて、何もない。

「気づいたから、そばにいられなかった」

「なんで…?」

「だって、風奈、俺のこと好きじゃないだろ」

「当たり前じゃん!」

だれが、好きになったりするものか。大好きだった仕事を辞めさせせられて、セックスばかりさせられて。弁当はおいしかったたし、ゲームは思う存分できたし、白柳がお酒を飲みながら、風奈はつまみをばくばく食べながら、会話をするのは楽しかったけれど。

それでも、好きになるはずがない。

だって、恋をする要素がひとつもない。

「おまえ、どれだけ自分勝手で、わがままで、傲慢《ごうまん》な人間か知ってるのか⁉」

「知ってる」

白柳は寂しそうに微笑んだ。

「だから、風奈は手に入らない。だけど、そばにいたら、無理やりにでも自分のものにしたくなるだろう。そうしたら、もっと風奈にきらわれてしまう。そう考えた」

死ぬ前だからって、いい人ぶってんじゃねえよ。俺がされたこと考えたら、許すわけねえだろ。

好きになる可能性なんて、ゼロだ。

「だから、風奈を井上工業に返してあげよう、と。けど、病気が見つかって。ああ、俺はこのままだったら後悔するな、って気づいた。応えてもらわなくてもいい。だけど、最後に恋した相手に、気持ちぐらいは知っていてほしい、って。風奈、なんでそんなに泣いてるんだ？」

わからない。けど、涙が止まらない。

「話は終わった。だから、もう帰っていい。俺のことは忘れてくれ」

「忘れられるわけねーだろーっ！　ふざけんな！」

好きだとか言いやがって。俺だって、俺だって…。

ああ、そうか。

ようやく、風奈は気づいた。

胸が痛かったわけ。心臓がおかしくなった理由。

それは、白柳に恋をしたから。

自分勝手でわがままで傲慢で。いいとこなんて何もないのに。

それでも、恋をした。

一か月ちょっとしか一緒にいなかったのに。

いいところなんて、何もないのに。

好きになる要素がひとつもないのに。

それでも、恋をした。

なんでかなんて、風奈にもわからない。

でも、胸が痛い。

いまだけじゃない。

クビになったあの日から、ずっとずっと胸が痛い。

こういう気持ちを、恋というのか。したことがないから、知らなかった。

…そうか、恋なんだ。

恋をしてるんだ。

そう思ったら、我慢ができなくなった。涙がつぎつぎにこぼれる。

「死なないで…」

風奈はぎゅっと白柳の手を握った。

「お願い、生きて。俺、いま、やっと自分の気持ちがわかったのに。このままおいていかれたら、立ち直れない。あの日、クビって言われたとき…」

そうだ。あのときも胸が痛かった。

「ロビーでわんわん泣きたかった。なんで、俺を捨てたんだ、って。なのに、今度はもっとひどい方法で、俺を捨てるのか?」

好きだと言ってくれた。

風奈も好きだとわかった。

なのに、離れなきゃならない?

永遠に?

そんなの、ない。

胸が痛くて痛くて、涙が止まらない。

「やだ…」

風奈は、ぶんぶん、と首を振った。

振って、振って、振りつづけた。

「死んじゃ、やだよ…」

「ありがとう。俺のことなんて好きじゃないのに、そんなこと言ってくれて」

「好きだっての! わかれよ!」

じゃなきゃ、こんなに泣いたりしない。

こんなに絶望感でいっぱいにならない。

ようやく会えたのに。

もう二度と会えない場所へ行くなんて。

そんなの、耐えられない。

だって、離れたくない。

そばにいたい。

「だから、俺のために生きろ！　じゃないと、ぶん殴るからな！」

「風奈は、いつも俺の意表をつくんだ。そういうところが、かわいくてたまらない。ね、キスさせて」

「移る病気？」

風奈はじっと白柳を見つめた。

「もしそうなら、だれもお見舞いに来られないよ。ちがう」

「そうだったら、よかったのに」

新たな涙が、ぽつぽつとこぼれる。

移る病気だったら、何度も何度もキスをしようと思っていた。移してもらって、一緒に死のう、と。

だって、白柳は初めて恋をした相手で。

そして、自分に恋をしてくれた人。

それを失ってまで、生きる意味なんて見つけられない。

「風奈はかわいい。ね、キスさせて」

風奈は黙ったまま、顔を寄せた。近くで見ると、唇がかさついている。肌も荒れていた。

ああ、病気なんだ。本当に死んじゃうんだ。

「泣かないで」

白柳は、よしよし、と風奈の頬を撫でた。その手には点滴が刺さっている。

「じゃあ、死なないで」

「うん、死なない。大丈夫。だから、笑って」

そんなの無理だ。風奈は首を左右に振って、そのまま、白柳にキスをした。かさついた唇も気にならない。

甘い、と思った。

白柳の唇が、甘い。キスが、甘い。

何もかもが、甘い。

「…大好き」

そうつぶやいたら、我慢ができなくなった。声を上げて泣きじゃくる風奈の背中を、白柳が、ぽん、ぽん、とやさしく撫でてくれる。

逆じゃなきゃいけないのに。

慰めるのは、自分のほうなのに。

それでも、白柳の手が欲しくて。

風奈はずっと、泣きつづけた。

悲しみがなくなることはない、と知っていながら。


「ごめん、俺、ちょっとトイレに行ってくる」

ずっとついていたかったけど。さすがに膀胱《ぼうこう》が限界を訴えていた。

井上工業は辞めよう。白柳に残された時間がどのくらいかわからないけれど、ずっとそばについていよう。

四百万は、まだまだ残っている。しばらくは何も仕事をしなくて大丈夫だ。

食事にしか使わなかった、自分の貧乏性をほめてやりたい。

「ゆっくりでいいよ」

笑顔をつくる白柳に、また泣きそうになったけど。もう涙を見せないと決めた。白柳とおなじように、笑っていよう。

トイレを探して歩いているうちに、ナースステーションに着いた。ちょうどいい。ここで場所を聞こう。

あの、と口を開きかける前に、看護師さんたちのおしゃべりが耳に届いた。

「白柳さんさあ」

その名前に、風奈は、ぴたり、と足を止める。看護師さんたちの視界に入らないように、とっさに隠れた。

守秘義務があるので、風奈がいるとわかったら話をやめてしまうだろう。

知りたかった。

白柳がどんな病気なのか、その事実がどんなに痛みをともなっても、知っておきたかった。

「あそこまでなる前に、だれか気づかなかったのかね」

「んー、あたしが聞いた話だと、痩せてっておかしいとは思ったけど、いつもどおり元気だったから、って言ってたよ」

「でも、尋常じゃないじゃん、あの痩せっぷり」

「けどさ、一緒に暮らしてる人がいなきゃ、食事してるかどうかなんて、気づかないでしょ」

「まあ、そうだけど。でも、めずらしいよね」

「うん、めずらしい、めずらしい」

看護師たちが、うんうん、とうなずいた。

どうやら、白柳の病状は思った以上に深刻らしい。また泣きそうになったけど、風奈はぐっとこらえる。

「あそこまでの栄養失調って。あとちょっと遅かったら、やばかった、って話だもんね」

「いまも、食事とれないまんまだし。点滴あるからいいけど、このままじゃ、退院できないよねえ」

は？　は？　はあああああ⁉

なんだ、それ！　栄養失調って、どういうことだーっ！

全然、死ぬ病気じゃないじゃないか！　メシを食え、メシをーっ！

「恋わずらいだったりして」

「まっさかー。あの人が手に入らない相手なんて、いないでしょ」

「じゃあ、心の病気？　だとしたら、内科にずっといても治んないしね」

「とにかく、大変よね。どうにか食べてもらわないと」

尿意は失《う》せていた。風奈は白柳の病室に向かって歩き出す。

ふざけんな、あのやろう！

俺の涙を返せーっ！


「おまえの言うことは、もう何も信じない」

ガラッとドアを開けるなり、風奈は告げた。

「おまえは死なない。そうだろ」

「いや。さっきまでは、ホントに死にそうだった。だって、何も食べられないんだ。風奈のことを考えてたら」

だまされるな。いや、それは本当だろうけど、ほだされるな。

ここで許したら、こいつはつけ上がるだけだ。

「最初はさ、性欲がなくなったなあ、ってだけだったんだけど。いや、俺にとっては、でっかい問題なんだが、それはほら、もう年も年だから、そういう時期になったのかな、って。でも、そのうちに気づいたんだ。俺、腹が減らない、って」

白柳がにこっと笑う。

「食べもの見たら、風奈がうまそうに食ってたとこを思い出すんだよ。そうしたら、もうそれだけで胸がいっぱいになる。水分だけはどうにかとってたけど、それもホントに少量で。最後はおしっことか出なくなってさ。会議で倒れて、強制入院。やばかったみたい」

それは看護師さんたちも言っていたから、本当なのだろう。

「で、医者が、原因がわからなければ治しようがありません、って。だから、俺は、勇気をふりしぼって、風奈に電話をかけたんだ」

「死ぬ前って言ったじゃねえか！」

だから、慌てて駆けつけてきたのに。

「うん、だって、風奈に謝らないと、俺の原因はなくならないし。あと、風奈に好きだって告げて、俺も、って言ってもらわないとダメだ、って」

「…俺も？　なんだ、それ」

「風奈が俺のことを好きなのは知ってたけど、まさか、俺が風奈に恋をするとは、ってショックを受けたんだよな、キスしたあの日」

「はあ？　おまえ、なに、自信過剰なこと言ってんの⁉」

だれが好きだ、ボケ！

「風奈は自分で気づいてないだけだ。鈍いからな。まあ、とにかく、俺は風奈に会わないかぎり、よくならないと痛感したから。本当はさ、このまま忘れようと思ってたんだ。気の迷いだ、って。だって、風奈、めんどくさいし」

「勝手に死ね！」

風奈はくるりと背を向けて、そのまま病室を出ようとする。

泣いたのも、全部なし。胸が痛いとか、そんなのかんちがい。

白柳を好きなのも、全部全部まちがいだ。

こんな悪魔みたいなやつ、だれが好きになるかーっ！

「風奈、好きだよ」

白柳の声は甘かった。風奈を包み込むみたいにやさしかった。

ここを出ようと思うのに、その一歩を踏み出せない。

「風奈がそばにいてくれたら、俺は食事ができるんだ。そうしたら、死なない。風奈が俺のものになってくれれば、俺は百歳までだって生きる。だから、風奈。俺のこと好きって言って」

だまされない。ほだされない。たわごとを聞かない。

白柳なんて、相手にしない。

「俺と一緒に幸せになろう」

「…俺はいま、すんげー怒ってる」

「だろうね。当たり前だ。俺だって、おなじことされたら怒る」

「しばらく怒ってるから、会いに来てやらない。けど、また死にそうになったら…」

風奈は、ふう、とため息をついた。

だめだ。恋をする、ってこういうことなんだ。

白柳が悪いことをわかっているのに。

相手をする必要なんてないのに。

それでも、どうしようもなく魅《ひ》かれてしまう。

「電話かけてこい」

「じゃあ、いますぐかける」

「いまは、激怒中だ」

風奈は、白柳のほうを振り向いた。

「あ、見てくれた」

にこにこしている白柳に、全部許してやってもいいか、と思いそうになった。それを、全力で否定する。

ここで許したら、終わりだ。

「おまえのことをいまは許さないし、許せないし、好きとかも言ってやらねえ。けど、時間がたてば、俺が電話を取るかもな」

「明日とか?」

「おまえ、バカだろ」

風奈はあきれる。

「明日も怒ってるに決まってるだろうが」

「けどさ、俺、風奈がいないとメシ食えねえ」

「しばらく点滴だけでも死なないんだろ。ずっと打っとけ、バーカ」

だけど、もし明日、電話がかかってきたら。

きっと自分は取ってしまうだろう。仕事が終わってから、駆けつけてしまうかもしれない。

本当に本当に本当に悔しいけれど。

恋というのは、自分で制御できないらしい。

「じゃあ、俺は帰る」

ここにいたら、ほだされるから。

好きという気持ちに負けるから。

でも、まだ言ってなんかやらない。

さっき口にしたけど、あんなの取り消しだ、取り消し。

「明日、電話する。出なかったら、あさって。それでもダメなら、しあさって。いつか、出てくれると信じてるから」

ずるいなあ。

風奈は天を仰いだ。それから、つかつか、と白柳のそばに行く。

「おまえのことは好きじゃない。いいか、これは本当だ。でも」

風奈は、ちゅっ、とすばやく、唇を合わせるだけのキスをした。

「死なれたら困るから、このぐらいはしてやる」

「うん、ありがとう。明日もまたしてくれるんだよな」

「調子にのんじゃねえよ！」

流した涙の分だけ、怒ってやる！

「点滴で栄養とってろ」

「またね」

白柳は、ひらひら、と手を振った。

「本当はいますぐこのベッドに引きずり込んで、セックスしたいところだけど。体力まったくないから。だから、またね」

「…こりねえなあ」

まあ、それが白柳らしくていい。

「こりたら、俺じゃないし。また明日、来てくれるんだろ」

「来ねえよ！　人の話を聞け！」

「いや、来るね。なんだかんだ言って、風奈は来る」

…絶対に来てやんねえ。

「じゃあ、俺は帰るから。一応、本当に病気みたいだから、安静にしてろ」

「うん、ありがとう」

風奈は足早にドアに向かった。

最後、どうしようか、と迷ったけれど。

「またな」

くるり、と背を向けながら、そう告げる。まっすぐ見るほどには、許していない。

「うん、また」

白柳の明るい声が聞こえて、風奈は、ふう、と大きく息を吐いた。

まったくもって、恋はめんどうだ。もう許したくなるなんて。

だけど。

風奈は気持ちを強く持って、足を踏み出す。

明日がある。あさっても。その先も。

ケンカをして、仲直りをして、そんな普通のことができる日々は、まだたくさん残されている。

だから、いまは甘やかさない。

だけど、顔がにやけるのを止められなかった。

白柳の、好き、という言葉を何度も反芻《はんすう》しながら。

風奈は足取りも軽く、病院を出る。

悔しくて、むかついて、殴ってやりたいのに。

それでも、心が浮き立ってしょうがなかった。

白柳のくれた言葉を反芻したら、やっぱり胸が痛くなって。

ちょっとだけ、涙がこぼれた。

だけど、それは幸せの涙だと、風奈はちゃんとわかっていた。

悔しいけれど。
幸せなのだ、と。

本当に本当に腹が立つ。
あんな男を好きになってしまった自分にも。
なのに、好きになられて嬉しがっている自分にも。
まったくもって、むかつく。
だけど、しょうがない。
恋なんだから、しょうがない。

傲慢社長の入院生活

「ちょっ…やめっ…」

戸口風奈《とぐちふうな》は、白柳櫻聖《しろやなぎおうせい》を押し返した。なのに、白柳はびくともしない。

「こらーっ！　安静にしてるように言われてるだろうが！」

「退屈なんだよ」

白柳は風奈の首筋を吸い上げた。風奈の体が、びくり、と震える。秘書としてセックスしていた間、白柳にかならずそこを責められて、いつの間にか感じるようになっていた。

だけど、流されるわけにはいかない！

だって、ここは病室だし。いくら個室とはいえ、いつ看護師さんが入ってくるかもわからない。

仕事が終わって毎日のように来ているが、入院というのはなかなか忙しいものだと知った。朝は早くに起きて、検温などの健康調査をして、すぐに朝食。ただし、白柳は回復食の重湯だから、それはすぐに終わる。そのあとは、医者がやってきたり、検査をしたり。

倒れるまで栄養をとらなかった白柳は、内臓関係が全般的に弱ってしまっていた。ただし、投薬治療で治るという。薬が効いているかどうかを調べるために、採血を頻繁にしなきゃいけなくて、それがめんどくさい、と白柳は言っていた。なんにもしてなくても、昼食、夕食、そして消灯とあっという間に時間が過ぎるという。

たしかに、仕事を終えて風奈が着いたときには、すでに夕食が終わっていて、白柳がうつらうつらしていることも多い。面会時間は八時までと決まっているので、風奈がいられるのは一時間ちょっと。

その間、今日あったことを話したり、たまにキスをしたりする。

ちなみに、まだ白柳を許してはいない。

好きだという言葉も、取り消したまま。

ただの意地だとわかっているけれど、白柳が退院するまではこのままでいるつもりだ。白柳が本気で謝らないかぎり、許してやるつもりはない。謝ったところで、言いたいことは、きっちりと口にさせてもらおう。

でも、さすがに病人相手に強くは出られないから。

健康になったと保証されて、退院したら、すぐにケンカしてやる。とんでもないうそをついたことを、責めたててやる。

このままなし崩しになんて、絶対にさせない。

セックスなんて、もってのほかだ！

「退屈だからって、俺で遊んでんじゃねえ！」

風奈は思いきり、白柳の顔をはねのけた。白柳が顔をしかめる。

「いつまで怒ってるつもりなんだよ」

「おまえな。自分のしたことを、よーく思い出してみろ。で、俺の立場になってみ。こうやって見舞いに来てやってるだけ、えらいだろうが」

週末、どっちか一日は仕事が入るけれど、休みの日は、お見舞いを許されている午後二時から八時まで、ずっといる。

来なくてもいいのに。

ほっとけばいいのに。

お昼を過ぎるとそわそわし出して、結局、電車に乗ってしまう。

あんなにひどいことをされたのに、本当に恋というのはやっかいだ。

「まあな。俺なら、入院してる間、ずっとほっとく。で、不安にさせて、ざまあみろ、って思う。それからすれば、風奈はすごくやさしい」

そんなふうに素直にほめられると、くすぐったくなる。

もう許してやってもいいか。

この二週間、何度も思った。

だけど、ここで折れたら、これから一生、負けつづける気がして。

どんなひどいことをしても許される、とかんちがいさせたくなくて。

風奈は意地を張りつづけている。

「退院はいつぐらいになりそう?」

手術ではなく内科的な処置なので、結構、長引くらしい、とは聞いている。

死ぬ、は大げさだけれど。大変なことになっているのは本当だ。

「どーだろ。もういっそのこと、いっぱい休んでやろうかと思ってる。よく考えたら、俺、休みってないんだよな。盆暮れも働いてたし」

「仕事が好きなんだな」

風奈が言うと、白柳は肩をすくめた。

「うちの開発部が、ハンコ押しマシーンを作ってくれないから。年始にいります、とか、お盆明けにはこの書類がないと、ってやつにハンコ押しに行くわけ」

「持って帰れば?」

さすがに、みんなが休んでるときに一人だけ仕事なのは気の毒だ。家でのんびりしながら、たまにハンコを押せばいいのに。

「俺がそんなことを考えなかったと思うか」

白柳が、ふん、と鼻を鳴らした。

「持って帰ったら、まったくやらない、ってことがわかっただけだ。だいたい、家にいるときは仕事オフモードなのに、書類なんか見るわけないっての。けど、そこにあるから、あー、やらなきゃ、ってずっと思ってて。その存在そのものがうっとうしくなって。危うく捨てそうになって、慌てて書類持って会社に行ったよ。社長室なら、まだ仕事する気になるからな。で、長い休みの前には、一気に書類が来やがるから、結局、毎日のように通って、いやだ、いやだ、って言いながら、ハンコ押して。俺って、かわいそう」

「それが仕事なんだろ、我慢しろ」

だいたい、好きで起業したくせに、文句を言うとは何事だ。

「こうやって、風奈には冷たくされるし。ホント、かわいそう」

「自業自得って言葉、辞書で調べやがれ！」

何もされてなければ、風奈だっていまごろは、献身的な恋人になれたのに。何も言わずにクビにされるわ、死ぬとかうそつかれるわ、そのあげく、まだ白柳を好きなままだわ、で、災難だらけだ。

「わかってるから、無理に押し倒してないだろ。ほめろ」

「うっせえ、ぼけ！　おまえ、さっさと健康になれ！　そのケンカ、買ってやるから！」

「退院して、最初にするのがケンカなのか。ロマンチックじゃねえなあ」

「だれのせいだ！」

まったくもって、腹立たしい。いますぐ殴ってやろうか。

「まあ、なんだかんだ言いつつも、風奈は毎日会いに来てくれんだから、なんの文句もないけどな。ありがと。風奈のおかげで、退屈がまぎれる」

だから、そうやって正面切って言われると、どうしていいかわかんないんだって。ずっと憎まれ口きいてろ。

「…まあ、暇だからな」

「そういうことにしといてやる」

にやりと笑う顔を、ぱしぱしぱし、と往復ビンタしてやりたい。

本当にむかつく。

それでも好きなままなのが、もっとむかつく。

「ところでさ、俺以外に見舞い客とか来ねえの?」

社長として人望がないわけでもないだろうに。倒れたら、何人かは病院に足を運びそうなものだけれど。

「禁止にしてある。見舞いに来たらクビにする、って脅してあるから、さすがに来ないだろう」

「なんで?」

会社のことは気にならないのだろうか。

「どうなるか知りたいから」

白柳はにこっと笑った。

「会社が、ってことか?」

「お、風奈にしてはめずらしい。ちゃんとあってた」

「うっせえ！　よけいな世話だ！」

人が普通に会話しようとするたびに、こうやって茶化されて。見舞いに来てるのか、怒鳴りに来てるのか、よくわからない。

「そう、俺がいない会社がどうなるのか、高みの見物してるわけ」

風奈の抗議なんてなかったかのように、白柳がつづける。

「けどさ、企画会議から関《かか》わってきたうるさい社長がいなくなって、みんな、いまのうちに通してしまえ！　って、慌ててんじゃねえの？」

そういうのがうまくいくとは思えないんだけど。

「まあ、ちょっと失敗したぐらいじゃ、業績にまったく影響はないけどな。問題なのは、そういうことをするやつらは、あんま仕事ができない、ってことのほうだ」

「そんなもの？」

「断言はできねえけどな」

白柳は両手を広げた。そういうしぐさもさまになっている。

…なんか、悔しい。

「俺がいない間に企画をあったためて、退院して元気になった俺に、どうだ！　とつきつけてくるような根性のあるやつがいたら、俺はこのまま引退してもいい」

「えええええ！」

風奈はわめいた。白柳が眉《まゆ》をひそめる。

「うるさい」

「あ、ごめん」

あまりに驚いたので、大きな声が出てしまった。いつもは怒鳴るときも、ほかの病室に迷惑がかからないように自重してるのに。

「だって、引退とか言うから」

「いや、さすがにいますぐはしねえけど。まだ働き盛りだし、仕事好きだし、後継者とかまったく考えてないし」

「あ、そうか」

結婚してないってことは、子供もいないってことで。そもそも、子供に継がせるという発想そのものがないのかもしれない。白柳の親が何をやっているのか知らないけれど、それを継がずに自分で会社を興したぐらいなんだし。

「副社長とかいるんだろ。そいつにすれば？」

白柳の眼鏡《めがね》にかなったのなら、仕事もできるんだろう。

「ああ、うち、副社長いない。それぞれの支社に支社長がいて、そいつらが俺のつぎにえらいことにはなってるんだが。専務とか役員よりも、な。けど、そのどれを選ぶかっていうと、正直、全員に支社長のままでいてほしい。社長になるよりも大変だと思うんだよ、支社長って」

「そうなのか?」

白柳を見てると、社長業もなかなかに大変そうだけど。

「本社じゃないってことが、絶対的に不満なわけ、支社の社員は」

「あー」

それはそうかもしれない。本社と支社なら、本社勤務のほうが仕事ができそうだ。

「けど、支社には支社なりの役割があって、存在意義があってさ。本社で埋もれてるよりは、支社にいたほうがいいやつもいるんだよ。急に仕事できるようになったりして。で、その支社の役目を理解してくれて、社員の不満もまとめて受け止めてくれて、なおかつ、円滑に運営してくれて、売上を上げてくれる。そんな支社長が何人かいるからこそ、うちは業績が急激に向上したんだ。本社だけだと、限界があるからな」

仕事のことを話す白柳は、いつだって、きらきらした目をしている。それを、ぼーっと見つめてしまうし、かっこいい、と思うけど。

…だめだめだめ。ここで許しちゃだめ。ほだされちゃだめ。

「俺の代わりよりも、支社長の代わりを探すほうが大変なんだ。俺は好きで会議に出てるだけであって、本来はハンコ押したり、接待行ったりすればいいんだから。お飾りでいようと思えばいられるだけのシステムは、もう作り上げてる」

「へえ、そうなんだ。知らなかった」

じゃあ、白柳が会議に出るのは、本当に純粋に趣味の範囲なのか。それで、あんなに疲れるなんて、風奈だったらパスしたい。ハンコを押したり、接待に出たりするほうがいい。

「俺が死んだら、って会社がうまくいき出したときに考えた」

「…は？」

なんで、また、そんな悲観的なことを。

「俺が死んでも会社がうまくいくように、ちゃんとシステム化しなきゃな、って。俺の代わりにはならないとしても、社長業だけならできるように。これだけがんばってでかくした会社だから、愛着もある。だから、俺が何週間かいなくても、ちゃんと会社は回ってるわけ」

「なるほど」

風奈は、うんうん、とうなずいた。

「すげーな。普通、そんなこと考えねえよ」

「考えてなくて、俺が急死したら、つぶれるだろ」

「まあ、そうだけど」

のぼり調子のときに、そこまで冷静でいられるのはすごいと思う。

「じゃあ、いまはだれがハンコ押してんの？」

副社長がいないなら、役員が交代で、とかだろうか。

「そこに」

白柳が部屋の隅にある段ボールを指さした。書類が入るぐらいの小ぶりなものだけど、厚みは五センチぐらいある。

「届いてる。死なないならハンコ押してください、って、秘書課が送りつけてきやがった。あいつら、絶対に俺をきらってる」

「そんなの当たり前だろ」

まったく仕事をしない秘書もどきに二百万も払っているのを見てたら、まともに仕事をするのがバカバカしく思えるに決まってる。その分、秘書にクビを告げる瞬間を楽しんでるようだけれど。

それもまた、しょうがない。

「いい加減、体目的の秘書雇うのやめろ」

「それは、やきもちか？」

にやりと笑う白柳の頭を、我慢できずにはたいた。とはいえ、病人なので、軽くだ。

「やきもちなんか妬《や》くか、ボケ！　俺を辞めさせたあとも秘書雇ってたくせに、何言ってんだ！」

いい気持ちはしないけれど。その間、風奈は恋人じゃなかった。いまでも、もちろん、ちがう。

だから、白柳が何をしていたところで、文句を言える筋合いじゃない。

でも、これもまた、元気になって、退院してから話し合うべき問題だ。

もし、白柳が秘書を雇いつづけるとしても、最初のうちは我慢できるかもしれない。

好きな気持ちが、いやだと思う気持ちを上回るかもしれない。

だけど、そのうちダメになる。

きっと、風奈は耐えられなくなる。

それもあって、慎重になっているのかもしれない。

白柳が風奈を好きで、風奈も白柳を好きなのに。

踏み出せない何かは、そこにあるのかもしれない。

「雇ってない」

「…は?」

最初は聞きまちがいかと思った。風奈は白柳をまじまじと見る。

「なんだって?」

「だから、だれも雇ってない。最初に性欲がなくなった、って言っただろ。後任を探してもらってはいたんだが、セックスする気になれなくてな。途中で中断してもらった。だから、だれも雇ってない」

白柳はそこで言葉を切って、風奈に微笑《ほほえ》みかけた。

「俺が最後にセックスしたのは風奈だ」

ずるい。本当にずるい。

魅力的な顔で、魅力的な声で、魅力的な言葉をささやくなんて。

何もかもを許したくなる。

だけど、許さない。許せない。

話し合わなきゃならないことが、たくさんあるから。

「それが、いま、本当に嬉《うれ》しい」

…だから、ずるいってば。

「けど、元気になったら、また秘書を雇うんだろ」

わざとぶっきらぼうに、風奈は告げる。

「性欲がなくなったのは栄養失調だったからで、いまだって、俺に手を出そうとしたぐらい回復してんのに。我慢できるとは思えない」

「風奈、最初に言ったよな。こういうのは恋人とかの役目なんじゃねえの、って。俺は鼻で笑ったけど」

「思い出した!」

鼻で笑われただけじゃない。過去に恋愛してないことまで暴かれたのだ。

いま見直したのを、なしにしてやりたい。

「風奈だったら、それもありかな、って」

ああ、もう！　むかついたり、ほわん、ってなったり。まったくもって、忙しい。

それもこれも、白柳なんていうやっかいな相手を好きになったりしたからだ。

…自業自得の言葉が、まさか、ここで跳ね返ってくるとは。

「俺が怒りながら家に帰っても、風奈が慰めてくれるだろうし。朝やりたかったら、たたき起こしてやればいい」

は？　ちょっと待て。

「なんで、朝も夜も、俺がおまえのそばにいんだ？」

「え、退院したら、俺、たぶん、とんでもなく忙しいし、うちからの注文が増えて、風奈も忙しいんだろ」

「それとこれと、なんの関係が？」

忙しかったら会えないいんじゃないだろうか。いまは白柳が入院してるから、こうやって毎日、顔を合わせているけれど。

だいたい、白柳がどこに住んでいるのか、そんな基本的なことすら知らない。風奈の家からだと、どのぐらい時間がかかるのだろう。

「だから、いっそのこと、一緒に住めばよくないか？」

「はあ？」

なに言ってんだ、こいつ。

「あのな、まだ俺はおまえを許してない」

「何度も言わなくても、わかってるっての」

白柳は肩をすくめた。

「退院したら話し合うんだろ、どうせ」

「当たり前じゃねえか！」

話し合いもせずに、この事態を収めるつもりか！

「じゃあ、それで風奈が納得したら、って条件つきでいいや。一緒に暮らそう」

「やだ」

風奈は、きっぱりはっきり、断る。白柳が驚いたように風奈を見た。

「なんで⁉」

「え、承諾するとでも思ってんのか？」

だったら、そのほうが不思議だ。

「俺のこと好きなら、四六時中一緒にいたい、って思うだろ、普通」

「あのな、俺には仕事がある」

それも、だれかさんの理不尽さのせいで一か月以上離れてた仕事が。戻ってきて、はっきりとわかった。

自分のやりたいのは、これだ、と。

だから、白柳のためにさっさと家に戻ったり、朝、体調にかかわらず、無理やりされたりなんかしたくない。

「おまえほどスケールはでかくないが、それでも大好きな仕事だ。俺はまだまだ若くて、勉強しなきゃならないことがたくさんある。だから、俺の世界の中心は、おまえにはならない」

恋をしていても。

いや、恋をしているからこそ。

白柳にふさわしい人間になりたい、と思う。

どれだけがんばっているのか、一か月ちょっと、白柳を見てきた。性格的には問題があっても、仕事には真面目《まじめ》だった。

だから、風奈だってそうでありたい。

せっかく復帰させてもらったのだ。一生懸命がんばりたい。

「あー、そっか」

白柳は、何かを納得したかのようにうなずいた。

「何が？」